英雄伝記

―オイゲン公子の生涯―

宮内俊至

鳥影社

英雄伝記

――オイゲン公子の生涯――

目次

英雄伝記

――オイゲン公子の生涯――

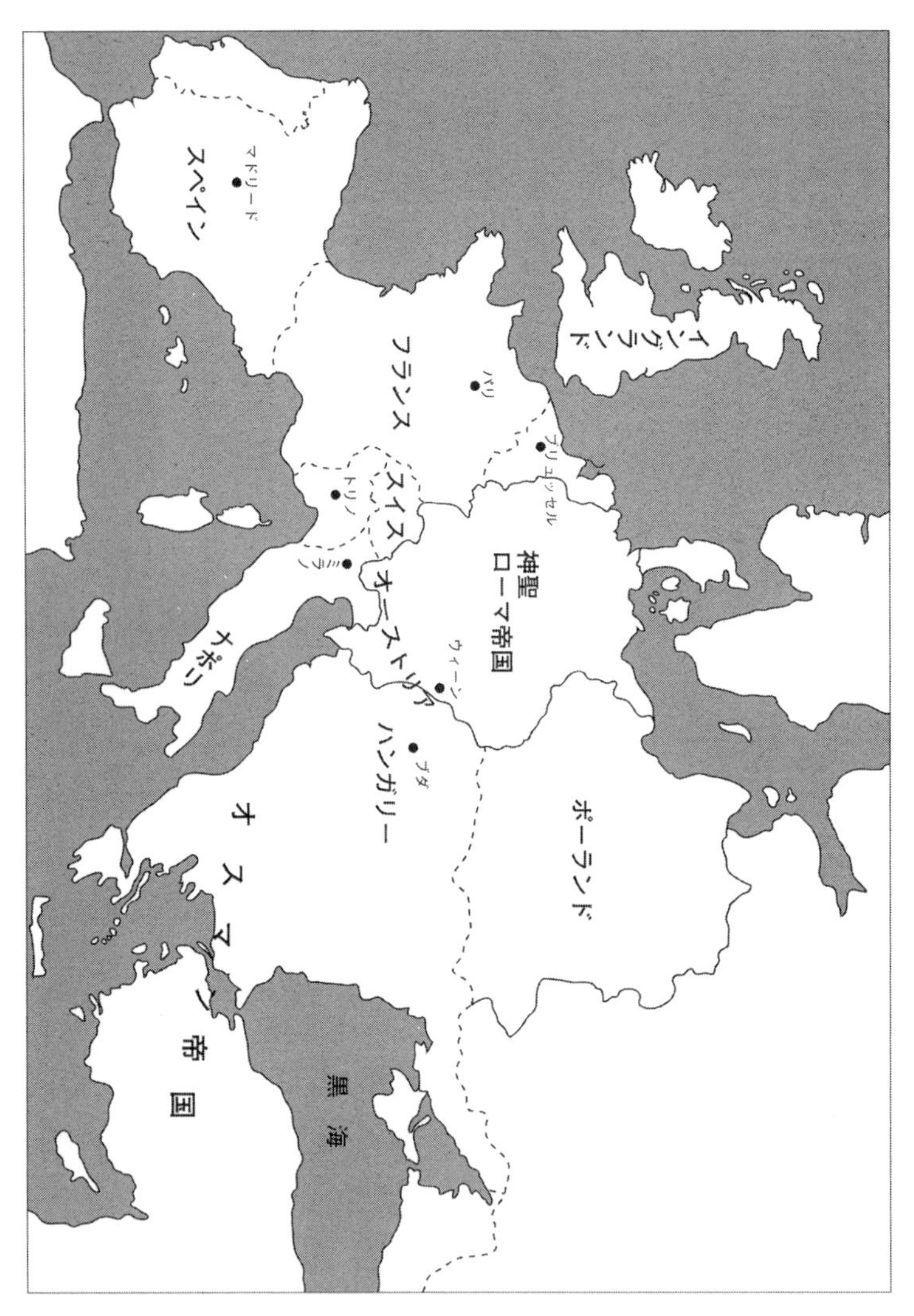

18世紀初頭のヨーロッパ

第一章　パリ脱走

オイゲンの生家ソワソン邸

オイゲンの父ソワソン伯

オイゲンの母オランピア

第一章　パリ脱走

　二月のパリはまだ凍てついていた。

　ウジェーヌはうつむき加減に歩いていた。ふと顔を上げると数人の少年たちが近づいてきていた。彼らはすれ違いざまに、まるで合唱を始めるかのように声を揃えて言った。

「こんにちは、ソワソンのお嬢さま！」

　どっと笑い声が上がった。

　続いて誰かがウジェーヌの背中に声を浴びせた。

「尼さんになるって本当？」

　また笑い声が上がった。

　尼さんになる――屈辱だった。大いなる屈辱であった。

　ウジェーヌは十九歳になっていたが、背は低く体も華奢（きゃしゃ）だった。それなりの服装をさせて少女たちの間に入れても違和感は生じなかったであろう。だから「お嬢さま」なのだ。だが顔は少女のそれにはほど遠く、細長く間延びしていて醜かった。要するに、小男で醜男だったのだ。

　父ソワソン伯爵は、体格も良く、容貌も武人らしく凛々しかった。母オランピアはルイ十四世の寵愛を一身に集めたほどの美女だ。もしかしたら彼の実の父親であるかもしれないルイ王も長身である。だから、自分はいったい誰の子なんだろう、そう思うこともあった。

顔は変えられない、体だってそうだ。外貌は変えようがない。だが、その中は？　目には見えないその中は変えられるのではないか。そうだ、勇者になろう、真の勇者になるんだ。そのためには？　そう、軍人になるしかない。

ウジェーヌは、気が進まなかったが、聖職者として人生を送ることを受け入れていた。両親もルイ王も彼に良かれと思ってそう決めたのだ。すでに行き先もほぼ決まっていた。

ウジェーヌは帰宅すると、家族に向かって宣言した。

「僧侶にはならない、軍人になる」

家族は誰もがびっくり仰天した。

家族といっても、両親に代わって面倒を見てくれている父方の祖母と二人の妹がいるだけだった。父親は十年前に他界していたし、兄のひとりは戦場にあってトルコ軍と戦っていた。母は二年前にブリュッセルに行ったままになっていた。

母のオランピアは、フランス宰相のマザランがイタリアからパリに連れてきた彼の妹の子供たちのひとりだった。子供たちはまだ幼いルイ十四世の遊び相手になった。やがてルイとオランピアは愛し合うようになったが、結ばれることはなかった。

その後オランピアはサヴォワ公国のソワソン伯ウジェーヌ・モーリスと結婚し、五人の息子と二人の娘をもうけた。ウジェーヌは一番下の息子だった。

結婚後、いつ頃からか、ルイ十四世とオランピアの仲が親密になった。彼女はルイ王の公然たる愛妾になり、ついには大奥総取締りにまでなった。だが、ライバルのモンテスパン夫人の策略によってパリを追われブリュッセルに逃げたのである。

ウジェーヌは軍人になりたいという思いを人を介してルイ王に伝えた。しかし、ルイ王の答えは「否」であった。ウジェーヌは諦めるほかなかった。

ところが、驚くべき知らせが舞い込んだ。兄のルイ・ジュールが戦死したというのだ。トルコ軍との戦いのさなかに落馬し、その怪我が元で死んだというのだ。

トルコは再びウィーンを狙っていた。およそ百五十年前、一五二九年のいわゆる第一次ウィーン包囲は失敗した。今回は、ハプスブルクの大敵フランスと密約を結び、フランスの中立を取りつけていた。フランス王ルイ十四世にしても悪い話ではなかった。ウィーンが落ちればハプスブルクも崩壊する。フランスの領土を広げられるだけでなく、自分自身が神聖ローマ帝国皇帝の座に就くことも可能だ。そうしておいてからトルコを叩き潰し、ヨーロッパの救世主になる。これが、ルイ十四世の胸中に秘められた野望であった。

トルコは休戦条約を一方的に破ってハプスブルクとの戦争を決定した。一六八三年春、トルコ軍は進撃を開始

ルイ 14 世

した。五月にはベオグラードに到達し、七月初旬にはオーストリア領内に入り、ウィーンに急迫していた。

ルイ王の臣下であったウジェーヌの兄がなぜ皇帝軍で戦っていたのか。なぜルイ王がそれを許可していたのか。

ウィーン危うし、ウィーンを守れ、オスマン・トルコからヨーロッパを守るのだ、という気運が高まっていた。貴族の子弟たちが銃や剣を携えてウィーンを目指した。まるで十字軍に加わるかのような様相を呈していた。それはフランスでも同様で、ルイ王は不承不承認めざるを得なかったのである。

兄の戦死は、ウジェーヌの軍人になりたいという思いに火をつけた。ウジェーヌは決心した。何としてでも軍人になって兄の仇を討つ。そして勇者になる。ルイ王に直接会って訴えるしかない。

ルイ王は久しぶりにウジェーヌを見た。相変わらず小さくて貧弱だ。顔にも雄々しさや凛々しさの欠片もない。こんな小僧が軍人になりたいとは。勘違いもはなはだしい。王は怒りすら覚えた。

その怒りを押し殺して、彼はつとめて穏やかな口調で尋ねた。

「軍人になりたいそうだな」

「はい、さようでございます」

「しかしな、気持ちだけでは無理だ。軍人というのは、おまえが考えているほど生やさしいものではないぞ。指揮官となればなおさらだ。指揮官というのはな、部隊の先頭に立って戦わねばならんのだ。もちろん強くなくてはならん。ウジェーヌよ、おまえには向いていない。現実を見よ、現実を受け入れるのだ」

ウジェーヌが口を開こうとすると、王は、

「もうよい、下がれ！」

と強い口調で命じた。

現実？　現実とは何だ？　このおれの体のことか？　ウジェーヌはふつふつと湧き上がってくる怒りを必死で抑えた。

ウィーンへ行こう、必ず受け入れてくれるはずだ。そう思ったが、彼には金がなかった。そこで親友のコンティを誘うことにした。

コンティはウジェーヌよりも二歳上の従兄だった。すでにルイ王の娘と結婚していた。つまりルイ王の娘婿である。

単純で人の良いコンティはすぐに話に乗った。「十字軍に参加する」という言葉に心を動かされたのだ。

「ただ、ちょっと問題がある」

ウジェーヌはいかにも困った顔をした。

「何だ？　どうした？」

コンティが心配げに訊く。

「金がない。旅費がないんだよ」

ウジェーヌは肩をすくめて答えた。

「ああ、金か。金ならおれに任せろ。いくらでもある、とは言わないけどな」

と言ってコンティが笑うと、ウジェーヌもつられて笑った。


一六八三年七月二十六日の夜、八時頃、二人はチュイルリー宮殿の近くで落ち合った。二人とも女装していた。コンティは若い従者を伴っていた。彼らは貸馬車でサン・ドニ門へ行き、そこであらかじめ頼んであった馬にまたがると北に向かって走り出した。

ことが露見したとき、すでに数時間経っていた。午前四時、就寝中のルイ王に二人の逃亡が伝えられた。あり得ないことだった。ウジェーヌはともかく、コンティの逃亡は、それも敵国と言っていいオーストリアへの逃亡はフランス王室に対する紛れもない裏切りであり、国の威信を揺るがす犯罪行為であった。


ルイ王の怒りは凄まじかった。

「ウジェーヌの小童などどうでもよい。あんな奴、いてもいなくても同じだ。だが、コンティは、コンティは駄目だ、コンティは絶対に連れ戻せ！」

直ちに追跡が開始された。国境の要所であるカンブレ、ヴァランシエンヌ、メッス、ナンシー、ストラスブールへと追っ手が走った。

二人はヴァランシエンヌで国境を越えてスペイン領ネーデルラントに入り、ブリュッセルに向かっていた。ブリュッセルにはウジェーヌの母オランピアがいる。母の顔を一目見ておきたかったが、会ってもパリに戻るように説得されるだけだろう。今は一刻も早くドイツへ、そしてウィーンへ行かなければならない。ブリュッセルには寄らず、小休止を取りながら馬を替えながら走った。

国境を越えてドイツの町アーヘンに入ると二人ともさすがにほっとした。ケルンまではもうわずかだ。

パリを発って五日目、七月三十一日の朝、ケルンに着いた。ここで二時間の休息を取ると、早くも出発した。ライン川に沿ってフランクフルトを目指す。

一方、追っ手は翌日の八月一日にケルンに着き、確かに彼らがケルンに来たこと、またすでに出発したことを知り、休む間もなく馬を飛ばした。

フランクフルトに着いたとき、ここまで来ればもう大丈夫と踏んだ彼らは長々と休んだ。そして追いつかれた。

追っ手はまずコンティの説得にかかった。

「ルイ王は大いに心を痛めておられますよ。たいそう心配なされておいでです。コンティさま、今戻れば不問に付されます。でも戻らなければ、あなたさまの財産はすべて没収されます。よろしいですか、無一文になられるのですよ。どうします？　乞食でもなさいますか」

コンティは「乞食」という言葉に怯えた。効果絶大であった。彼はパリに戻る道を選択した。

「ウジェーヌさまも一緒に戻られますね？」

追っ手は当然のことのように訊いた。

「いや、戻らない。どうしても連れ戻すというのなら、マイン川に飛び込んで死んだ方がましだ」

「では、好きになさったらよろしいでしょう。ルイ王も、ウジェーヌの小童などどうでもよい、とおっしゃってましたから」

追っ手は冷笑するような顔で言った。

「ウジェーヌ、すまない」

横でコンティが言い、指輪と数枚のルイ金貨をウジェーヌの手に握らせた。

「金は任せとけ、と言ったけど、実はあまり持ち出せなかったんだ」

「いや、十分だよ、ありがとう。あの、コンティ……」

ウジェーヌは口ごもった。

「何だよ」

「おれが悪かったよ、謝るよ」

とウジェーヌが言うと、コンティは今にも泣き出しそうな顔になり、

「いや、おまえは悪くない。じゃあ、達者でな」

と言うや、くるりと背を向けて戸口に向かった。

その頃皇帝レオポルト一世はウィーンではなくてパッサウにいた。避難してきていたのだ。大勢の廷臣や従者の他に、高位聖職者たちと各国の大使たちが随行していた。

パッサウはドナウ川と支流のイン川との合流点に位置し、小規模ながら交通の要衝として重要な都市であった。

ウジェーヌは再び馬にまたがりレーゲンスブルクまで行くと、そこからは船でドナウ川を下ってパッサウに至った。

八月十四日、ウジェーヌは皇帝に謁見を許され、スペイン大使ボルゴマネーロに伴われてレオポルト一世の前に歩み出た。初めて見る皇帝の顔はあまり印象の良いものではなかった。優柔不断な性格と言われるとおり、顔全体が弛緩していた。さらにハプスブルク家の特徴である前に突き出た下唇を受け継いでいた。ただ、ルイ十四世に見られるような尊大な感じは受けなかった。

皇帝レオポルト１世

「よく来たな、オイゲン。疲れてはおらぬか」

皇帝は、長旅を労うような口調で言った。

そう、ドイツ語ではウジェーヌはオイゲンになる。

「はい、疲れてはおりません」

彼はドイツ語で答えた。

ソワソン邸にはドイツ人も姿を見せ、彼らは父とドイツ語で話すこともあったし、子供たちにドイツ語で話しかけることもあったので、ウジェーヌもドイツ語はできた。ただ読み書きは苦手だった。

ウジェーヌは皇帝にオイゲンと呼ばれて、神聖ローマ帝国に来たことを実感した。おれはこれからはオイゲンなのだ、もうルイ王臣下のウジェーヌではない、皇帝レオポルト一世臣下のオイゲンなのだ。彼は自分が生まれ変わったような気がした。

「兄のことは残念であった。彼は有能な指揮官であり、勇ましい戦士であった。本当によくやってくれた……」

皇帝は沈痛な面持ちで言い、続けて、

「オイゲン、おまえは兄の跡を受け継ぎたいそうだが、後任はもう他の者に決まっておる。よいか、最初から指揮官というのは難しいぞ。まずは戦場を経験することだ。おまえはまだ若い、義勇少尉として総司令官ロートリンゲン公カールのもとで修行しなさい。オイゲン、期待しているぞ」

と言って、じっとオイゲンの顔を見つめた。

オイゲンは確かに高望みだったかなと反省した。一方、少尉とはいえ義勇兵扱いなのは不満だった。だが、体の中に温かいものが込み上げてきた。「期待している」と言われたのだ。もちろん皇帝は誰にでもそう言うのであろう、社交辞令のようなものだ、それは分かっている。しかし、なぜかうれしかったのだ。考えてみれば、今まで誰にも「期待している」と言われたことはなかった。父はもちろんのこと、あの優しい母からも、「期待している」と言われた記憶はなかった。

彼には誰も何も期待していなかったのだ。期待している――なんて良い言葉なんだろう。

部屋を出てからも、その温かいものは消えなかった。

第二章　初陣

包囲されたウィーン
中央網状のものはトルコ軍の塹壕

トルコ軍最高司令官カラ・ムスタファ

トルコがウィーンに目をつけたのは、なにも領土拡大のためだけではなかった。十数年前、トルコはヴェネツィア共和国の領土であったクレタ島を攻めた。激しい攻防戦の末、クレタ島はトルコの手に落ちた。

続いてトルコはポーランドに軍を進めた。ポーランドは一時危うくなるも、それを押し留めたのがポーランド軍最高司令官ヤン・ソビエスキである。彼はスウェーデンがポーランドに侵攻したときにも、それを撃破した名将である。トルコは敗れた。

この二つの戦争でトルコの国庫は底が見え始めた。金がなくなったのだ。では、どうする？ある所から取るしかない。ある所とは？　ウィーンしかない。

ウィーンは「黄金の林檎」と呼ばれていた。ハプスブルク家の本拠地として、神聖ローマ帝国の首都として栄えていた。そのウィーンの金銀財宝をごっそりいただく。おまけに多数の美女もいただく。涎が出るようなおいしい話だ。しかも領土を拡大できる。ヨーロッパ侵攻の拠点にもなる。一石二鳥どころか一石三鳥、四鳥であった。

一方、トルコと密約を結んだフランスはどうだったろうか。ルイ王は領土拡大の野望をあからさまにしてオランダやフランドルに戦争をふっかけ、スペイン領ネーデルラントのいくつかの都

ロートリンゲン公カール５世

市と、ライン川流域の神聖ローマ帝国領であるロレーヌ公領を奪取していた。ロレーヌはフランス語で、ドイツ語ではロートリンゲンになる。国を失ったロートリンゲン公家はウィーンに逃れた。そして、その地で生まれ育ったのが、皇帝軍総司令官となったロートリンゲン公カール五世であった。

即ち、神聖ローマ帝国はトルコとフランスに挟撃された格好になっていたのである。ただ、手を拱いていたわけではない。バイエルン、ザクセン等のドイツ諸侯、ローマ教皇庁、ポーランド、スペイン、ポルトガル、さらにサヴォワ、ヴェネツィア、ジェノヴァと、フランスの妨害工作にもかかわらず、対トルコ同盟を成立させていた。

トルコ軍の最高司令官は大宰相カラ・ムスタファである。齢五十間近、中背のがっしりとした体つき、鋭い鷲鼻に濃い髭、尊大を絵に描いたような風貌である。

トルコ軍の主力はシパーヒという騎兵部隊とイェニチェリと呼ばれる歩兵軍団である。イェニチェリというのは、そもそもは捕獲したキリスト教徒を改宗させて兵士に仕立てたものであった。しかし、すでに代を重ねていて世襲化されており、軍事だけでなく政治的にも大きな勢力を有するに至っていた。

この中核部隊に加えて、バルカンやトランシルヴァニア（ルーマニア）を始めトルコ領土内から数万の兵士が駆り集められた。さらにタタール部隊と、帝国に反旗を翻したイムレ・テケリが率いるハンガリー反乱軍が合流していた。総数十二万に達する大軍である。その後方には数万の輜重隊が続く。

トルコ軍は各地の皇帝軍基地を叩き潰しつつ、また略奪と殺戮を繰り返しつつ西進する。トルコ軍が通過した後には廃墟と死体しか残らない。

ウィーンとハンガリーのブダペストのほぼ中間で、ドナウ川と支流のラープ川が合流する。双方から直線距離で約百キロの地点である。その辺りで、七月一日、両軍が相見えた。皇帝軍は二万五千、敵はその五倍である。だが、平原を埋め尽くすトルコ軍の天幕を見たロートリンゲン公の目には十倍にも映ったであろう。多勢に無勢もはなはだしい。戦えば壊滅させられる恐れがある。ロートリンゲン公は退却を決断した。

七月七日、ウィーンまであと三十キロの地点まで来た時、ドナウ川右岸のレーゲルスブルンという町の近郊で皇帝軍の一部とトルコ軍の先鋒を務めるタタール部隊が激突した。オイゲンの兄ルートヴィヒ・ユーリウス（仏名ルイ・ジュール）もサヴォワ竜騎兵部隊を率いて果敢に戦ったが、タタール軍は精強で、皇帝軍は押され、兵は敗走し始めた。ルートヴィヒ・ユーリウスは兵を鼓舞しなおも戦おうとする。その混乱の中で彼は馬もろとも転倒して重傷を負った。直ちに応急処置がなされてウィーンに後送された。折れた肋骨が肺腑に損傷を与えていた。息も絶え絶えで言葉を発することもできない。手の施しようがなく、彼は六日後に死亡した。二十三歳であった。

ロートリンゲン公は態勢を立て直してタタール軍を撃退する。だが、一部の敗走が全皇帝軍の敗北と誤って伝えられた結果、ウィーンはパニックに陥り、脱出する市民が後を絶たない。同時に大量の避難民が市内に逃げ込んでくる。皇帝はすでに脱出していた。


トルコの大軍は陸続とウィーンに迫る。周辺地域は殺戮と略奪の嵐に襲われた。

ウィーンの南西十キロ少々の所にペルヒトルツドルフという町がある。強固な城壁と壕に囲まれた教会がある。武器庫もあり、刀剣だけでなく銃や大砲も備えている。教会という名の要塞である。だから市民や周辺の農民の避難所になっていた。

トルコ軍が町を包囲した。

教会を前にした隊長は、

「これはなかなかのもんだな。攻めればわが方にも相当な犠牲が出るだろう」

とつぶやき、顎髭をなでた。

隊長は通訳を連れて教会の門前に立った。

司祭が出てきた。

隊長は通訳を介してこう述べた。

「金を出せば攻撃はしない。身の安全は保証する。拒めば皆殺しにして町を焼き払う」

「それで、金額は？」

司祭が尋ねた。

「四千グルデン。いや五千だ！」

「分かりました。何とか集めます」

翌朝、再び現れた隊長に金が渡された。それまで笑顔だった隊長は、金を受け取るやサーベルを抜いて襲いかかった。他のトルコ兵も抜刀して教会内になだれ込んだ。若い女を除いて次々に殺されていった。若い女でも抵抗すれば殺された。多くの人が塔に逃げ込んだ。そこに火がつけられた。かくして三千人が死んだ。


ウィーンは、第一次包囲のときと比べれば、格段に守りを強固にしていた。

ウィーン市を俯瞰すればほぼ円形である。直径はせいぜい一・五キロほどだ。その周囲を城壁と壕がぐるりと囲む。城壁には三角形に突き出た十二の砦が設けられている。それぞれメルカー砦、レーヴェル砦、ブルク砦などと名前がついている。外側は壕になっている。川に近い部分を除いて空濠である。砦と砦の間は二百メートルと距離があるため、その中間の濠の中にほぼ三角形の独立した砦が構築されている。壕の先には、幅数メートルの通路と樫材でできた防御柵からなる外部城壁がある。外部城壁は砦と独立砦に合わせてジグザグ状になっている。さらに、防御柵から外側に向かっておよそ三百メートルの下り斜面が広がっている。

従って、敵が攻めるとすれば、まず斜面を上って防御柵を破らなければならない。それを突破して通路に出る。六メートルの深さの壕に下りる。独立砦を攻略する。次に十二メートルの高さの城壁が待っている。それを上ってさらに砦を攻め落とす。こうしてようやく市内に入ることが可能になるのだ。

対策は市の周辺にも及んでいる。敵の掩蔽(えんぺい)として利用されないように、家屋などの建造物は解体撤去され、樹木は伐採され、小高い丘は削られた。その結果、市の周辺はまるで平原のようにならされている。

市の北東側はドナウ運河と呼ばれるドナウ川の分流と接していて、南側には小さなウィーン川が流れている。北から西南にかけて標高五百メートルほどの低山が連なる。山脈のおよそ上半分は樹木が覆っている。いわゆるウィーンの森だ。南側は比較的平らである。

ウィーン防衛軍司令官はエルンスト・リューディガー・フォン・シュターレンベルク、四十五歳。率いる兵は一万六千。そのうち皇帝軍兵士は一万一千。残り五千は、市民、学生、宮廷職員、職人、猟師、警官、消防士からなる。彼らに呼びかけて市民軍を編成したのは、ウィーン市長ヨハン・アンドレアス・フォン・リーベンベルク、四十六歳である。不在の皇帝に代わって市の政治・行政全般にわたって責任を負うのは、七十二歳の老伯爵ズデンコ・カプリルスである。市内のこの三人と、市外で皇帝軍を率いるロートリンゲン公を加えた四人がウィーン防衛戦を遂行していくことになる。

戦争をするには金がいる。ところがウィーン市には金がなかった。ウィーン市どころか、その親玉である帝国にも皇帝にも金がなかったのだ。トルコがヴェネツィアとポーランドとの戦争で金欠病に陥ったとすれば、神聖ローマ帝国はフランスとの戦争で金欠病に罹っていた。金欠病が金欠病に戦争を吹っかけたのである。

ところが、対オスマン・トルコを旗印にヨーロッパ各地から続々とウィーンに支援金が送られてきた。中でも特筆すべきは教皇インノケンティウス十一世で、彼はトルコに対する「神聖同盟」を呼びかけて多額の援助金を集めたのである。だからといって、決して十分というわけではない。

準備は整った。これで援軍が来るまで持ちこたえなければならない。

一六八三年七月十四日水曜日、トルコの大軍がついに姿を現した。市の北、西、南を天幕が埋め尽くす。その数二万五千。兵士だけでなく、馬、駱駝、騾馬や牛がひしめく。

翌十五日早朝、トルコ軍の大砲が火を噴いた。同時に大量のトルコの工兵が、メルカー砦、レーヴェル砦、ブルク砦の前で塹壕を掘り始める。ウィーン市も砲撃で応戦する。ブルク砦に立って望遠鏡を覗いていたシュターレンベルクが突然吹き飛ばされるように倒れた。敵の砲弾の破片が頭に当たったのだ。そばで砲撃の指揮を取っていたヴァイトリンガー大尉が駆け寄る。

「将軍、大丈夫ですか」

「ああ……」

額からこめかみにかけて血が流れ出している。駆けつけた衛生兵が包帯で頭をぐるぐる巻きにする。

「大丈夫だ」

シュターレンベルクは起き上がろうとしたが、意識を失った。

直ちに病院に運ばれて治療を受ける。急を聞いて駆けつけたカプリルス伯爵が医師に尋ねる。

「どうだ、具合は？」

「重傷ですが何とか大丈夫でしょう。ただ、頭なので様子を見ないと……」

「ああ、そうか……」

と伯爵が心配そうに言ったとき、シュターレンベルクが口を開いた。

「伯爵、私は大丈夫です。すぐにでも戻れます。しょっぱなからこれじゃあ、全くもってついていませんな」

「いや、これこそ不幸中の幸いというものだ。とにかく良くなるまで休みたまえ。貴殿の任務は私が引き継ぐから」

しかし三日後にはシュターレンベルクは再びブルク砦に立っていた。

包帯でぐるぐる巻きにされた頭を見た兵たちは、

「まるでトルコ人みたいじゃないか」

と冗談を言って笑った。

一方、ロートリンゲン公の部隊は、ドナウ川とドナウ運河の間の広大な砂州であるドナウ島に陣取っていた。

そこにトルコ軍が襲いかかった。激しい銃撃戦が展開された。敵味方の兵士がばたばたと倒れていく。続いて白兵戦に移る。皇帝軍の騎兵たちは馬を捨て白刃を振りかざして突撃する。しかし衆寡敵せず、皇帝軍は退却を余儀なくされた。皇帝軍はドナウ川の対岸に渡り、追撃されないよう橋を破壊した。多数の死傷者と二百名の捕虜を出して、ウィーン攻防戦の初戦は敗退に終わったのである。

皇帝軍が撤退したドナウ島をトルコ軍が占拠し、島とウィーン市をつなぐ橋を爆破した。これで補給路が断たれた。ドナウ川から武器弾薬や食糧はもう入ってこない。市は完全に包囲されて孤立した。さらに市の取水口が封鎖された。あとは井戸に頼るしかなくなった。

ロートリンゲン公の軍は、別働隊としてウィーンに迫るテケリのハンガリー反乱軍を迎え撃つために東に移動した。

七月二十三日、珍しく朝から静かだった。トルコ軍の砲撃もなければ鳴り物入りの突撃もなかった。一日中奇妙な静寂に覆われていた。

夕日がウィーンの森の彼方に沈んだ。今日はこのまま終わるのかと誰もが思った矢先、大音響とともに足下が突き上げられるような衝撃が走った。

トルコ軍が掘り進めていた地下坑道で爆薬に点火したのだ。これが城壁を破壊するトルコ軍の十八番であった。

「ついに来たか」

とつぶやくと、シュターレンベルクは白煙と砂塵の舞い上がる方角に走った。すると向こうからリンプラー大佐が走ってくる。

ゲオルク・リンプラーは大佐といっても軍人ではない。二年前に、レオポルト一世が二千グルデンという破格の年俸で招聘した築城技師である。彼はクレタ島でのトルコ軍のやり方を目の当たりに見ていた。その彼の指導で防御設備の改造と拡充が行われたのだ。

「とうとうやりましたね」

リンプラーは息を切らせながら言った。

「被害はどうだ？」

「まだはっきりとは分かりませんが、相当なもんでしょう。外部城壁の一部が崩れたかもしれません」

「この時間帯にやるとは、完全に虚を突かれたな。あのカラ・ムスタファという奴、なかなかやりおるな」

リンプラーは十分にあり得ることだと思っていたので黙っていた。

二人は足早に現場に向かった。すでにトラウン将軍が隊を編成して敵軍の攻撃に備えていた。

「トラウン伯爵、どうだ、敵は来そうか」

「来るでしょう」

トラウンは硬い表情で言い、

「ほら、ご覧なさい」

と指差した。

見ると、薄れた煙の中にトルコ兵の姿が現れた。と思う間もなく、ラッパの音を合図に突撃を開始した。イェニチェリを先頭に、破壊された防御柵の間を抜け、崩れた城壁を上ってくる。防衛軍の兵たちが銃を撃ち、手榴弾を投げ、弓矢を放ち、石を投げる。トルコ兵は次々に落下していく。だが、後から後から押し寄せる。もの凄い数である。とうとう城壁の上で白兵戦が始まった。

他所から応援に駆けつけた兵たちに加えて市民兵たちも参戦する。学生部隊、警察部隊、消防部隊が剣を振りかざし槍を突き出して突っ込んでゆく。木こりは斧を敵の頭に叩きつける。血が飛び散り脳漿が噴き出す。切断された手が飛び足が転がる。死体と血だまりに足を取られて転ぶ。そこに剣が振り下ろされる、槍が突き刺さる。

暗闇に包まれて、ようやく戦闘は終わった。敵味方の死体が城壁の上と下、また空濠にも無数に転がっている。撃退したとはいえ、防衛軍の損害は馬鹿にならなかった。

翌日は雨。雨天休戦。

翌二十五日、戦闘再開。トルコ軍は坑道での爆破と突撃を繰り返す。崩れた城壁の補修を指揮していたリンプラーが左腕に敵弾を受けて倒れる。彼の同僚ダニエル・ズッティンガーが後を引き継ぐ。

この頃になると、城外に出ていく市民の姿が目立つようになる。特に婦人が多い。彼女たちは夜陰に紛れてトルコの陣地へと向かう。手には焼きたてのパンを入れた籠を持っている。それを野菜と換えてもらうのだ。トルコ兵にとってウィーンの焼きたてのパンは魅力的だった。

規律が乱れ士気が緩むと見たシュターレンベルクは外出禁止令を出した。従わない者はその場で射殺せよと命じた。それでも従わない者は少なくなかった。

ある晩、数人の女性たちが抜け道にやってきた。そこにも歩哨は立っている。

「どこへ行く?」

「ちょっと外の空気を吸いに行くのよ。ずっと閉じ込められていると息が詰まるじゃない」

年かさの女が言った。

「外出は禁止だ。行けば撃つ」

「野菜がないのよ、新鮮な野菜が。パンばかりじゃ体がもたないわよ。穀物はまだあるけど、ニンジンやタマネギも残り少ないし、肉だってろくに食べてないし、活きのいい魚なんて全然よ。撃ちたければ撃てばいいわ、どうせ死ぬんだから」

女たちは抜け道に入っていった。歩哨はその後ろ姿を見ながら肩をすくめた。

男たちの中にも出ていく者はいた。

肉屋の親方と学生が城壁の上で歩哨に立っている。南東側なので戦闘もなく割と静かだった。

「おい、学生さんよ、向こうで草を食んでいる牛が見えるか」

「ええ、見えますよ。目は悪くないんで。一、二、三、四、五頭いますな」

「おまえさんの視力を検査するつもりはないよ」

「じゃあ何です？」

「専門は何だ？」

「法律ですよ。言ったでしょ」

「法律家なんてのは血の巡りが悪そうだな」

「法律家と牛に何の関係が……」

　学生ははっとした顔で肉屋を見た。

「なるほど、あの牛どもを連行するんですな」

「連行する？　また、警官みたいな口をききやがって。連行するんじゃなくて、お越しいただくのよ」

「お越しいただく？」

　と言うや学生はどっと笑い出した。天を仰ぎ地を見下ろして笑い続けた。

「おい、いい加減にしろや。今夜九時、仲間を連れておれんとこに来てくれ」

「今夜九時、了解！」

　真顔で言ってまた笑い出した。

　夜、肉屋と徒弟、学生数人が抜け道に現れた。

「おや、親方、どちらへ?」

歩哨が訊く。

「ちょっとそこまでだ」

親方が歩哨に握らせる。

「へへ、すいませんね。お気をつけて」

二時間後、彼らが戻ってきた。歩哨は、ずいぶん人数が増えたなと思ったが、数頭の牛を見て腰を抜かさんばかりに驚いた。

魚も貴重品だった。

漁師がひとり、やはり夜陰に紛れて出ていく。そしてウィーン川の岸辺に立った。静かで昼の騒々しさが嘘のようだ。月明かりが川面に揺れ、草原を渡ってくるそよ風が心地好い。彼も市民兵として剣を握っている。これまでのところ大きな怪我もない。生きているのが不思議だ。ここぞというポイントで糸を垂れる。餌はミミズだ。これがよく釣れる。川鱒や姫鱒の形のいいのがどんどん釣れる。予想外の大漁だった。食卓に鱒のムニエルが出て家族は大喜びだ。残りは驚くほど高く売れて、奥さんは亭主を見直した。

八月に入るとトルコ軍の攻撃はいっそう激しさを増した。外部城壁奪取に全力を挙げ、爆破と突撃を執拗に繰り返した。防衛軍も果敢に迎撃するが、多勢に無勢は如何ともしがたい。

八月三日、とうとう外部城壁を占領されてしまった。しかも、シュターレンベルクの参謀コトリンスキ大佐が戦死した。さらに、この日、築城技師ゲオルク・リンプラーが息を引き取ったのである。防衛軍にとって大変な痛手となった。

数日後、朝からトルコ軍恒例の進軍ラッパも鳴らずに静かだった。誰もが訝しく思っていると、トルコ軍の軍使が姿を現した。ショッテン門を開けて中に通す。シュターレンベルクを前にすると、軍使は流暢なドイツ語でこう述べた。

「死体があまりにも多く、すでに腐臭を放っています。衛生上よろしくありません。貴軍においても同様でありましょう。従って、わが軍は死体処理のために一時休戦を提案します」

シュターレンベルクは、そのとおりだと思った。受諾しようとしたが、一瞬の判断で拒絶することにした。

「わが方は別に困ってはいない。貴軍の提案は受け入れられない」

軍使は意外な表情を浮かべ、心持ち肩を落とすような仕草を見せた。

トルコ軍も困っているのだ、敵に弱みを見せてはいけない。シュターレンベルクは改めて気を引き締めた。

実際、遺体の処理にはウィーンも困っていた。ウィーンは人口の割に狭かった。建物が密集していて空き地が少なかったのだ。墓地も数えるほどしかない。将校の遺体を埋葬する場所がなくなってきていた。将校はいずれも貴族の子弟たちだ、その遺体を粗末に扱うことはできない。シユターレンベルクは、たまたま同席していた市長リーベンベルクに苦衷を漏らした。

「ご存知かもしれんが、将校の遺体の埋葬に支障を来しています。どこか良い所はありませぬか」

市長はしばらく考えてからこう答えた。

「アウグスティノ会の古い墓地があります。あそこなら使えるかもしれません。交渉してみます」

その後市長はその墓地の使用許可を得た。しかし、それだけでは足りなくなるのは火を見るよりも明らかだった。

負傷兵や病人も激増していた。兵士だけでなく市民の死傷者も増えていた。病院は彼らを収容しきれず、病院脇の路傍に寝かされている者もいた。砲弾によって粉砕された破片が飛び散るのを避けるために敷石が剝がされていたので、彼らはむき出しの地面に横たわっていた。

それを見かねた聖職者のレオポルト・コロニッチュは、同じ聖職者たちとかけ合って教会や修道院を臨時病院にし、医師や看護師たちをも集めて手厚く治療と介護に尽力したのであった。私財も惜しみなく投じている。因みに、彼はウィーン南方の都市ヴィーナー・ノイシュタットの司教であったが、他の高位聖職者たちのように逃げようともせず、ウィーンに来て市民の力になっていた。また彼には剛胆な一面があり、ウィーンに預けられていた大司教たちの財産を押収し、それを軍資金に回すようなことも行っていたのである。

そして食糧。事情は悪化するばかりだった。シュターレンベルクは市民が市外に出ることをすでに黙認していた。特に近隣から避難してきた農民たちが出ていくようになっていた。彼らは避難する際に食糧などを隠してきていた。瓶に入れて埋めたり、室の中に隠していた。それを取りに行くのである。穀類や豆、ニンジン、タマネギ、ニンニク、酒に塩、さらに衣類や靴まで秘匿していたのである。

建物の被害も深刻だった。多くの家屋が敵の砲弾によって破壊されたり、生じた火災で焼失したりしていた。ひときわ目立つシュテファン大聖堂などは何百発という砲弾を食らって傷だらけになっていた。

悪化する状況にさらに追い打ちをかけるように、赤痢が発生した。下痢が激しくなり、腸から出血するようになれば死は近い。ペストに次いで恐れられている病気だった。しかも急速に広まることが懸念された。

暗澹たる気分でいたシュターレンベルクのもとに、二週間ぶりにヤーコプ・ハイ

コロニッチュ司教

ダーという若者がやって来た。彼は、帝国の駐トルコ大使ゲオルク・クーニッツの従者だったが、主人ともども逮捕されてウィーンに連行されてきていた。彼は敵情を報告するべく、危険を冒して訪れたのである。

「よく来てくれた。大変だったろうな」

シュターレンベルクはまず労いの言葉をかけた。

「いえ、前回よりも楽でした。というのも、連中は気が緩んでいます。もう勝てると思っているのです。ムスタファからしてそうなのです。彼は今ウィーンにはいません。バーデンに行っています」

「バーデン？　まさか温泉じゃあるまいな」

「そのまさかです。温泉に浸かって、うまいもの食って、ワインを飲んでいるでしょう」

「まさか、そこまでするとは……」

シュターレンベルクは絶句した。

「赤痢もはやってますよ」

「本当か？」

「ええ、本当です。食糧も足りなくなっています。弾薬もです。馬や駱駝もこの辺の草を食い尽くしてしまい、遠くまで連れて行かなくてはならなくなっています。いずれ馬も駱駝も弱るでしょう」

「敵の補給はどうなっている？」

「多分来るでしょう。援軍も要請しているでしょう。でもまだ相当時間がかかるはずです」

「わが方の救援軍の話はどうだ、何か聞いているか」

「いえ、何も」

ハイダーは首を軽く横に振った。

「ロートリンゲン公のことは？」

「いえ、それも分かりません。でも、もしロートリンゲン公の軍が破れたりしたら、ムスタファに一報が入るはずです。そしたら彼らは大喜びするでしょう。それもありませんので、ご健在かと」

トルコ軍もかなり弱体化している、そして気が緩んでいる——これは朗報であった。だが救援軍が来るのか来ないのか、来るとしてどこまで来ているのか、さっぱり分からない。ロートリンゲン公の軍にしてもそうだ、どこで何をしているのかさっぱり分からない。パッサウの皇帝とも連絡はつかない。ウィーンは孤立していた。

八月十二日、昼過ぎまで妙に静まり返っていた。いやな予感がした。敵兵もどことなく緊張して何かを待ち構えているようだ。そして、市全体が揺れるような大爆発が起こった。煙幕が薄れると、ブルク孤塁の塁壁の一部が破壊され、土砂が盛り上がって格好の進入路を作っていた。それを機にトルコ軍の猛攻撃が開始された。赤い軍旗を何本も掲げて、おびただしい数のトルコ兵が「アラー、アラー」と叫びながら盛り上がった土砂でできた斜路を上る。シュターレンベルク

貿易商コルシツキ

は援軍を空濠に送る。だが、それに倍するトルコ兵が押し寄せてくる。攻防戦は数時間、夕刻まで続いたが、シュターレンベルクは形勢不利と見て退却命令を出した。重要な孤塁がトルコ軍の手に落ちたのである。

八月十三日、シュターレンベルクはロートリンゲン公に密使を送った。密使を引き受けたのは、ゲオルク・フランツ・コルシツキというポーランド出身の貿易商で、後にウィーンで初めてカフェを開いたとされる人物である。彼と従者ゼラドリはトルコ人に変装し、夜陰に紛れて城外に出た。敵陣営を抜け、ウィーンの森を越え、ドナウ川を渡った。しばらくすると、皇帝軍の一団と遭遇した。訊くと、ロートリンゲン公はマルヒ川に陣を張っていて、テケリの軍と戦っているという。二人は馬を駆って、五十キロほど東の陣営を目指した。

ロートリンゲン公はコルシツキの報告を聞いて驚きを隠せなかった。ウィーンが危ない。戻らなければならない。

コルシツキとゼラドリはほぼ来た道を戻って、十七日に帰還した。

「ロートリンゲン公は急遽ウィーン救援に向かうということです」

シュターレンベルクの胸に熱いものが込み上げてきた。

見事役目を果たしたコルシツキとゼラドリの二人には、それぞれ二百グルデンの報賞金が授与された。

八月十五日、ロートリンゲン公の軍が西に向かっていたとき、ようやくポーランド王ヤン・ソビエスキが二万一千の軍勢を率いてクラカウ（クラクフ）を発った。ソビエスキは五十一歳、肥満していて病気がちだった。

地元紙は、「兵力五万、馬車六千、砲二十八、威風堂々と行進していった」と報じたが、砲数はともかく、他二点は誇張もはなはだしい。

軍は市街を出ると二手に分かれた。東寄りのルートをシエナフスキ将軍が、西寄りのルートをソビエスキが取った。

ポーランド王ヤン・ソビエスキ

行進は遅々としたものであった。彼らには危機感も緊張感も乏しかった。ウィーンは遠く離れていたし、堅牢な守備を誇るウィーンがそう簡単に負けるはずがないとも思っていたのだ。
八月十九日、ロートリンゲン公が送り出した特使カラッファ将軍がソビエスキのもとに現れた。ソビエスキは手渡されたロートリンゲン公からの手紙を読んだ。

「シュターレンベルクは病気、築城技師リンプラーは死去、防衛軍は疲弊し、トルコ軍は孤塁の一つを爆破した」

ソビエスキは驚きを禁じ得なかった。そこまで酷いとは想像すらできなかった。のんびりしている場合ではなかった。行軍を早めるよう命令を下した。


八月二十五日、パッサウの宮廷はドナウ川を下ってリンツに移ることになった。オイゲンは他の義勇兵と一緒に同じ船に乗った。船は朝八時半に出航した。

義勇兵たちの中にひときわ背の高い男がいた。オイゲンが見ていると、その男と目が合った。彼はにこっと笑うと歩み寄ってきた。

「やあ、ピーターだ。ああ、ドイツ語ではペーターだったな。イングランドから来た」

右手を差し出しながら妙な訛りのあるドイツ語で言った。

「オイゲン、フランスから来た」

オイゲンは握手しながら、何てでっかい奴だろう、と思った。

「フランス？　すると、おまえはあの白いトルコ人の家臣というわけだな」

ルイ十四世が「白いトルコ人」と揶揄されていることは知っていたが、面と向かって言われると、自分が言われているようで面白くない。

「おれはルイ王の家臣じゃない。今はレオポルト一世の家臣だ」

「ああ、分かっているよ。ちょっと言っただけだ。ところで、おまえ何歳？　おれは二十一歳だけど」

「十九歳だ」

「十九歳か。それにしてはずいぶん小さいな、身長はどれくらい？」

　余計なお世話だ、と言いたいところだったが、あまりにもずけずけと訊くので、そんな気も起こらなかった。

「多分、百六十センチくらいだろう」

「センチか、ぴんと来ないな。まあ、小さいわけだ。おれなんて忌々しいことに六フィート五インチもあるんだぜ。でかすぎるよな」

　オイゲンは頭の中でざっと計算した。計算は得意だった。数学と地理が好きで、これが後にオイゲンを助けることになる。

「まあ、百九十五センチだな」

「何だ、おまえ計算できるのか。しかも暗算、凄いな、信じられないぜ」

「何だ。おまえはできないのか」

「はは、言ってくれるな。おれはここは駄目だ」

　ピーターは拳で自分の頭をこつこつ叩いた。そして続けた。

「あのな、戦場では小さい方が有利だぞ」

「小さい」を連呼されるとさすがに面白くない。オイゲンは黙っていた。

「おれみたいに大きいと目立つだろ、だから狙われやすいんだ。矢や鉄砲玉だってよく当たっちゃうしな。おまえは小さいから目立たない。そこがいいんだ」

「でも、おまえは力があるだろ？」

オイゲンは見上げて言った。

「まあ、それなりにな」

ピーターはオイゲンを見下ろして続けた。

「でも、何て言うか、おまえ、独特の雰囲気があるよな」

「雰囲気？」

「ああ、小さいくせに堂々としている。物怖じしないというか、妙に落ち着いているよな」

「おれが堂々としている？」

そんな馬鹿な、とオイゲンは思った。

「ああ、そうだ。おまえ、活躍するぞ、きっと。期待しているからな、本当だぜ」

活躍するだって？　このおれが？　オイゲンは面映ゆい気がした。さらに「期待している」と言われた。二回目だ。やっぱり良い言葉だ。しかも、今度のは本当らしい。五回も「小さい」と言われて腹が立ったが、それも帳消しだ。こいつ案外いい奴なのかも、とオイゲンは思った。

船は翌日の夕刻、リンツに着いた。皇帝と臣下や従者、大臣たち主だった者全員が下船した。義勇兵たちはそのまま残り、翌々日ウィーン近郊のトゥルンに着いた。

ロートリンゲン公の軍は、追撃してきたテケリの軍を撃退し、ウィーンの北方、ドナウ川の左岸に陣を張った。小規模な戦闘を繰り返しつつトルコ軍を牽制していた。そしてポーランド軍の到着を待った。しかしウィーンからは盛んに救援要請の急使が来る。攻撃に出るか、公爵は迷った。もし出て負ければ、大敗すれば、救援軍は戦わないであろう。皇帝軍あっての救援軍なのだ。ここは待つしかない。苦渋の決断であった。

八月三十一日、朝から雲一つない晴天だった。ロートリンゲン公はウィーンの北西四十キロほどの所にあるオーバーホラブルンの町にいた。ここでポーランド王ソビエスキを待つことになっていた。だが、昼食後、さすがに落ち着かなくなってきた。少し先まで行ってみようと思った。

立ったまま窓外を見ていた公爵が言った。

「迎えに出る」

ヴァルデック伯爵が立ち上がった。

「では私も」

二人は馬に乗った。臣下たちが後に続く。

丁度その頃、二手に分かれていたポーランド軍が合流した。大軍団となってポプラ並木の街道を南下する。

「あれは、ひょっとして……」

伯爵が前方を見つめた。

「おお、来たか！」

公爵が叫んだ。

街道の彼方の小さな塊が次第に大きくなってくる。ポーランド軍に間違いなかった。公爵は馬に拍車をかけた。伯爵が後を追う。

公爵は馬を止めて下りた。ソビエスキ王が馬車から出てきた。

「お待ちしておりました。遠路はるばるお越しいただき、感謝申し上げます」

「こちらこそ、お出迎えいただき、かたじけない」

皇帝軍司令官ロートリンゲン公とポーランド王ソビエスキは堅く手を握り合った。


トゥルンはドナウ右岸の町である。ウィーンから見れば北西方向、ウィーンの森の向こう側にある。オイゲンが着いたとき、ロートリンゲン公が建設を命じた橋が完成しつつあった。

そのトゥルンに救援軍が集結し始めていた。皇帝軍二万、ポーランド軍二万一千、バイエルン選帝侯軍一万一千、ザクセン選帝侯軍一万一千、その他ドイツ諸侯の軍勢、スペインやイングランドを始めとする外国からの軍勢、総勢七万を超える。

オイゲンを喜ばせたのは、従兄のバーデン辺境伯ルートヴィヒ・ヴィルヘルムに会えたことであった。彼は、オイゲンの父親の姉ルイーズ・クリスティーヌとバーデン辺境伯マクシミリアンとの間にできた子で、オイゲンと同じくソワソン邸で生まれていた。三歳までパリに暮らしたが、以降はバーデン辺境伯領で育った。辺境伯というのは首都ウィーンから遠く離れた辺境を守る伯爵という意味であり、バーデンはライン川上流域、フランスと境を接する、文字通り辺境の地であった。

ルートヴィヒ・ヴィルヘルムは八歳上で、ロートリンゲン公麾下にあって騎兵連隊を率いていた。十九歳のときに皇帝軍に身を投じて以来各地を転戦し、「トルコ人殺し」との異名を取るほどの猛者であった。

ルートヴィヒ・ヴィルヘルム

皇帝軍がトゥルンに入ったと聞いたオイゲンは早速従兄を訪ねた。ルートヴィヒ・ヴィルヘルムはオイゲンを抱きしめて喜んだ。

「よく来たな。おまえとここで会えるとは思わなかったな。ルイ王はさぞ怒っているだろうよ」

「いえ、そうでもないみたいですよ。ウジェーヌの小童などどうでもよい、と言っていたそうですから」

「あはは、そりゃあきっと負け惜しみだろうよ。

フランスからも義勇兵はけっこう来ているし、イングランド人などうじゃうじゃいるぞ。みんなやる気満々だよ」

「そういえば、パッサウで乗った船でばかでかいイングランド人に会いました。彼もやる気満々ていう感じでした」

「イングランドの奴らはああ見えてけっこう闘争心が強いからな。それに暇で困っているのかもな」

「暇潰しに戦争ですか」

「そう、あいつら、そういうところあるよ、困ったもんだよ」

ルートヴィヒ・ヴィルヘルムは可笑しそうに笑った。それから、ふいに厳しい目つきをして言った。

「オイゲン、いよいよだぞ。トルコ兵はみな兄の仇だと思え。殺して殺して殺しまくれ。遠慮することないぞ、徹底的にやるんだ。腹を決めてかかれ」

「分かりました。精一杯やります」

オイゲンは両の拳をぐっと握りしめた。

翌日、オイゲンは貴族の義勇兵、つまり義勇公子としてロートリンゲン公とソビエスキ王のもとに挨拶に出向いた。

ソビエスキ王は丸い人だった。額も顔も腹も丸かった。「われこそは」とふんぞり返るような人物に見えた。あまり近寄りたくないタイプの人間だった。

　ロートリンゲン公は、意外なことに地味だった。大きな鷲鼻にあばただらけの顔、グレーの着古したような服、くたびれたブーツ、装飾品の類いは一切身につけていなかった。その身なりでうつむき加減に歩くのだ。想像していた姿とはかけ離れていた。オイゲンは感銘を受けた、同時に親しみを覚えた。

　軍勢は揃った。だが問題があった。いったい誰が最高司令官になるのか、これが決まっていなかった。ロートリンゲン公が就任するのが順当だった。だが、ソビエスキ王は難色を示していた。なぜなら、国王のほうが公爵よりも格上だったからだ。もめていては駄目だ、まとまらなければ勝てない、そう判断した公爵は腹を固めた。

「貴殿に指揮を執っていただきたい」

「了解した。ただ、作戦は貴公に任せたい。いかがか」

　公爵は意外な言葉に驚いた。そして、ソビエスキ王の度量の大きさに感服した。

　これで問題はなくなった、はずだった。だが横やりが入った。入れたのは皇帝レオポルト一世だった。リンツまで来ていた皇帝は、「おれが指揮を執る」と言い出した。本来ならそうであろう。しかし、トルコの大軍に怯えてはるか彼方のパッサウに逃げていたくせに、いざとなったらしゃしゃり出てきておいしいところだけ持っていこうとする。それではまとまるものもまとまらない。そもそも指揮を執れるわけがない。邪魔なだけだ。「ふざけるな！」「冗談じゃない！」という声が噴出した。「なら帰る」と言い出す諸侯までいた。王も公爵も頭を抱えた。

そこに登場したのが、マルコ・ダヴィアーノ神父だった。救援軍に神の加護を授けるべく派遣された教皇特使だった。神父は皇帝の説得に努めた。皇帝はかねてよりこの神父に帰依し深い信頼を寄せていた。それだけに神父の説得に耳を貸さないわけにはいかなかったのだ。皇帝はリンツに留まることになった。

ウィーンからウィーンの森を眺めれば美しい。山裾にブドウ畑が広がり、そこから山稜までこんもりとした樹林が覆う。

このウィーンの森から山麓に陣を張るトルコ軍を攻める——これがロートリンゲン公の作戦だった。しかし、遠くから見れば美しい森も、いったん中に入れば、そこは手つかずの自然のままであり、人間が自在に動き回るのは容易ではない。闇雲に森の中を下るのは無謀である。だから、公爵は事前に六百名の騎兵を攻撃ルートの探索に送り出していた。


ウィーンは絶望的な状況に陥っていた。一万六千人いた防衛軍はすでに四千人にまで減少していた。兵士は疲労困憊し士気も落ちていた。空濠はすでにトルコ軍に占領されていて、ブルク砦とレーヴェル砦が陥落するのも時間の問題であった。ここが破られれば市街戦になる。市中はトルコ兵による殺戮の場と化すであろう。

九月九日、進軍を開始した救援軍がカーレンベルク山頂に到達した。夜、赤痢に罹っていた市長リーベンベルクが今際の時を迎えていた。丁度その頃、救援軍の信号弾が打ち上げられた。シュテファン大聖堂の塔に立っていた見張り番がそれを認めた。

「救援軍が来たぞ！」

見張り番は塔の階段を駆け下りた。

「何？　来た？」

ブルク砦近くの民家で横になっていたシュターレンベルクは飛び起きた。軍服を着たままだ。外に出るやブルク砦に走った。

将兵たちが集まってきた。全員が北の空に目をこらす。そのとき、二発目の信号弾が尾を引いて暗い天空に上がった。

「来たか！　ついに来たか！」

シュターレンベルクは歓喜に震えた。

誰もが声にならない声を発していた。

翌日、トルコ軍の攻撃が嘘のようにおとなしくなった。砲弾もあまり飛んでこなくなった。彼らは、彼らの背後、ウィーンの森からの圧力をその背中にひしひしと感じていたのである。

カラ・ムスタファの気の緩みは、危機が訪れる直前まで変わらなかった。「ウィーンが落ちたら戻るか」と、またもやバーデンの温泉に浸かっていたのだ。救援軍が集結しつつあるとの報を受けて重い腰を上げたのは九月三日であった。だが、ウィーンの陣営に戻っても、「救援軍など烏合の衆の寄せ集めだ。何ができるか。こっちはラープ（ウィーンの南東百キロにある都市）から援軍も来る。こてんぱんにやっつけてやる」とうそぶき、楽団に演奏させながらワインを飲むなどと、実にのんびりしていた。

カラ・ムスタファが皇帝軍とポーランド軍のドナウ渡河を知ったのは九月八日のことであった。作戦会議が開かれ、将軍たちは救援軍の進撃を阻止すべきと唱えたが、ムスタファはウィーン攻略を優先させた。ウィーンを陥落させてしまえばこっちのものだ、という思いが強かったのだ。さらに、本陣背後の防塁を強化すべきであるとする将軍たちの主張も無視した。ムスタファにとって、救援軍がウィーンの森から攻めてくるというのはあまりにも現実離れしていた。「あの森を大軍が抜けられるわけがない」と信じて疑わなかった。だが、信号弾がカーレンベルクの山頂に上がった。敵は背後から来る……。

九月十二日、日曜日の払暁、カーレンベルクでダヴィアーノ神父によるミサが行われた。神父は救援軍に「神のご加護を！」と祈った。

左翼は皇帝軍とザクセン軍、中央は皇帝軍とバイエルン軍、それにフランケン軍、右翼はポーランド軍が受け持つことになった。その間の距離は五キロに及ぶ。

オイゲンは従兄ルートヴィヒ・ヴィルヘルム率いる騎兵隊に配属された。ピーターはイングランドのランズダウン卿の騎兵隊だ。ともに左翼のロートリンゲン公の指揮下である。

ラッパと太鼓の音が鳴り響く。攻撃開始だ。朝靄を突いて左翼の皇帝軍とザクセン軍が攻撃を開始した。マスケット銃を抱えた歩兵隊が山を下りていく。間を置いて騎兵隊がその後に続く。

第一攻撃目標は、ドナウ川右岸、ウィーンから北に六キロの位置にある村ヌスドルフである。カーレンベルクからの距離は二キロ少々。だがその間にヌスベルクという名の小高い丘がある。まず、その周辺で戦闘が始まった。最初は歩兵隊による銃撃戦である。マスケット銃の有効射程距離は五十メートルほどしかない。先込めの火縄銃で、ライフルのない滑腔銃身だから命中率も低い。従って近距離での銃撃戦になる。横一列に並んで構える。指揮官の号令で引き金を引く。後列と入れ替わる。再装填する。撃ち終わった前列と入れ替わる。その繰り返しである。救援軍歩兵隊は徐々に距離を詰めていく。三十メートルほどの距離で銃撃を繰り返すうちに敵の隊列が崩れ始めた。射撃音も乱れだした。「突撃！」の号令で歩兵隊が突進した。白兵戦が始まった。

騎兵隊は砲撃と銃撃の音を聞きながら森の中を下る。オイゲンは最後尾だ。木々の間を抜け、藪を越え、沢を飛び越え、起伏を上って下る。視界が開ける。騎兵隊の先頭が早くも突っ込む。敵騎兵隊も突進してくる。敵味方、歩兵騎兵入り乱れての混戦になる。オイゲンも剣を振りかざして切り込む。だが、入れない。味方の馬に当たって押し返される。なかなか入れない。後ろからどんと押された瞬間に突入する。右に押され左に押され、戦うどころではない。突然、ずん、と右脇腹に衝撃が走った。敵兵の槍が見えた。さらに繰り出してくる。体を左にねじってかわしながら、剣を振り下ろした。ガシッと手応えが来た。だが槍の柄に当たっただけだ。次の瞬間、敵兵の頭から血が噴き出した。味方の騎兵に切られたのだ。敵の槍は胸甲を掠っただけだった。ピーターが言ったように細身が幸いしたか。

押し合いへし合いしながらも味方は前進していた。やや大きな丘を越えると、新たな敵の歩兵と騎兵が上がってきた。再び混戦状態になる。オイゲンは目前に現れた敵歩兵の頭上に剣を振り下ろす。だが届かない。逆に槍の攻撃を食らう。穂先が胸甲に当たる。幸い貫いてはいない。当たっただけだ。ほっとする間もなく敵騎兵が右手から急接近してきた。敵兵が剣を振り下ろしたのと同時に剣を伸ばした。剣先に何かが当たった。敵兵の右腕だった。敵兵は剣を落とすと逃げ去った。

突然目の前にとんでもない物が出現した。駱駝の顔だった。実物は初めて見る。えっ、と思う間もなく、駱駝の長い首の背後から敵兵の顔が現れて剣を振ってきた。それを剣で受ける。ガンと来て自分の剣が自分の頭に当たった。帽子が後ろにずれた。敵は再び剣を振り下ろそうとした、その瞬間「ぐわっ！」と叫んで万歳する格好で後ろ向きに落ちていった。「何だ？」と呆気にとられる間もなく次の攻撃が来る。馬の首にすがりついてよける。敵の剣が空を切る。敵兵はバランスを失って前のめりになる。その背中に剣を叩きつけた。敵兵はバネのように上体を起こすとまた攻撃してきた。剣で受け止めるが押される。しゃにむに剣を振り回す。右胴にガツンと来たが、同時に敵兵の顔を切っていた。眉間から右の頬にかけて赤い線が走り血が流れ出す。敵兵が反転した瞬間、その右肩に剣を突き刺した。手応えがあった。

ロートリンゲン公は小高い丘の上で情勢を見ていた。こちらが優勢だった。敵はまとまりを欠いているように見えた。統一した指揮系統がないのか、各部隊各個人がてんでんばらばらに戦っている。これなら勝てる。

だが、気がかりな点もあった。中央の動きが遅い。森を抜けるのに時間を取られているのか、全く姿が見えない。さらに、右翼のポーランド軍の動きも気になった。トゥルンを出てからカーレンベルク山頂に至るまでに相当な時間を要していた。今朝も、ソビエスキを始め将兵全体に疲労の色が滲んでいた。移動に時間がかかるかもしれない。このまま左翼を前進させれば孤立する恐れがあった。特に中央との連携が取れないと作戦は失敗する。左翼の前進を一時止めることにした。伝令兵を走らせた。

集団がばらけて、前方が見えるようになった。敵が逃げていく。追撃だ。いつの間にかオイゲンが先頭に立っていた。よし、一番乗りだ、みんなやっつけてやる、と思ったら、誰かに並ばれた。何か叫んでいる。負けてたまるかと馬に拍車をかける。少し先に出たが、すぐに横に並ばれた。

「止まれ、止まるんだ！　馬鹿たれ！」

「馬鹿たれ？」

「そうだ、馬鹿たれ！　攻撃休止だ。聞こえなかったのか」

オイゲンは馬を止めた。

「攻撃休止？」

「そうだ、ラッパが聞こえなかったのか。それにさっきおれもそう言ったろうが。勝手に動くんじゃない。すぐに戻れ！」

あれは伝令兵だったのか、オイゲンは後ろ姿を見てやっと気がついた。それにしても「馬鹿たれ」とは酷い言い方だ。攻撃休止なんて聞こえなかったし、せっかくいいところだったのに、何で休止するんだろう、さっぱり分からない。

隊の兵士たちは草の上に腰を下ろして休んでいた。オイゲンは一番端に座った。隣の男は何かもぐもぐ食べている。若いが髭面で怖そうな顔だ。でも経験豊富そうなので思い切って訊いてみることにした。

「あの、ちょっと質問してもいいですか」

「ああ、いいよ。別に金なんて取らないから遠慮なく訊いてくれ」

「あの、何で攻撃休止にしたんですか」

「そんなこと知らないよ」

「ええ！　知らないんですか」

「そう言うおまえは知ってるのか」

「いえ……」

知らないから訊いたんじゃないですか、と言えないのが悔しかった。

「考えるのは上の連中だ。おれたちは言われたとおりにやっていればいいんだ、そうだろ？」

「ええ、そうですよね……」

「ひょっとして、おまえ初めてか」

「はい」

「戦争ってのはいろいろ妙なことが起きるけど、あまり考えないことだ。いちいち考えていたら疲れちゃうだろう。まあ、すぐに慣れるさ。少し横になるか」

と言うや、男はごろんと横になった。

ドナウ川が朝日を受けてきらきら輝いている。そのすぐ右手にヌスドルフの集落が見える。周辺はワイン用のブドウ畑だ。ブドウ畑がグリーンベルトになってずっと南の方まで続いている。それと並行するようにトルコ軍の天幕がぐるりとウィーンを取り囲んでいる。おびただしい数だ。ウィーン市の斜堤の一角にはトルコ軍の塹壕が無数に掘られている。あそこまで行けるのかどうか、いや、行かねばならない、そして何としてでもウィーンを救うのだ。オイゲンは決意を新たにした。

ふいに頭が痛み出した。ずきずきする。帽子を取ってそこに手を当てる。頭のてっぺんが盛り上がっている。でかいたんこぶができている。何だ、これは？　いつできたんだろう？　どこかにぶつけた記憶もない。さっぱり分からない。分からないことだらけだ。

オイゲンは両手を枕にして仰向けになった。空が青い。まだ夏の空だ。今日も暑くなりそうだ。少し目を閉じていようと思った。昨夜はほとんど眠れなかったのだ。

ロートリンゲン公はヌスベルクの丘陵に砲兵隊を集結させた。砲撃の準備が整った頃、ようやく中央に動きがあった。森の裾から蟻の群れのように軍団が現れ出たのだ。ロートリンゲン公は砲撃命令を下した。ヌスドルフ村の敵陣に向けて砲撃が開始された。

轟音でオイゲンは飛び起きた。眠ってしまっていたのだ。

「よく寝てたなあ」

男が横に立って笑っていた。

「昨夜よく眠れなかったので」

「最初は誰だってそうだよ。小便でもするか。できる時にしておいた方がいいぞ」

男はくるりと後ろを向いて放尿し始めた。オイゲンも並んで始めた。

「戦闘中にもよおすと大変だからな。小便するからちょっと待ってくれなんて言えないだろう？おれなんて何度もズボンの中に漏らしたんだぜ、自慢じゃないけどよ」

「ズボンの中に？」

「そうよ、あれは気持ち悪いぜ。だから、したくなくてもできる時にしておくんだ。ところで、おれフランツ」

「おれはオイゲン」

二人は放尿しながら握手した。

「こう見えても生粋のウィーンっ子なんだぜ、おれは。オイゲンはどこから？」

パリとかフランスとか言いたくなかったので、しばらく考えてからこう答えた。

「ちょっと西の方から」

「何？　ちょっと西の方からだって？」

フランツは、がははは、と大口開けて笑った。笑いながら一物を激しく振ってからしまった。

「ウィーンに家族はいるんですか」

オイゲンは軽く振ってからしまった。

「いる。だからこの戦争には絶対勝たないといけない。絶対にな」

「絶対に勝ちますよ」

オイゲンは力を込めて言った。

「オイゲン、なるべくおれのそばから離れるなよ、いいな」

「はい、そうします」

しばらくすると、出撃用意の号令がかかった。オイゲンは馬にまたがって配置につく。ラッパと太鼓が鳴り響く。歩兵隊が動き出した。歩兵隊が斜面を下っていく。歩兵隊が銃を撃ち始めた。騎兵隊が動き出した。眼下のブドウ畑に向かって馬を進めた。

すでに肉弾戦が始まっていた。騎兵隊は二手に分かれた。敵の側面、あるいは背後を攻める作戦だ。オイゲンとフランツは右側に回った。斜面はうねっている。大きなうねりを越えた途端、敵騎兵隊が視野に入った。シパーヒだ。シパーヒは槍を持たない騎兵だ。剣を振りかざして突進してくる。

「オイゲン！　おれの右につけ！」

「了解！」

　フランツは左利き、オイゲンは右利きだった。

　オイゲンは左側を気にしなくてよくなったことで、精神的に余裕ができた。そのせいか、また慣れたこともあるのか、休息前に比べて相手の剣筋が格段によく見える。もともと動体視力が良かったのだろう。おまけに敏捷だった。優れた動体視力と敏捷性、小柄な体格を利して相手の剣をかわす。かわしてから攻撃する。攻撃も、短いリーチという弱点を補うために相手の前腕を狙った。しかも、剣を大きく振って断ち切ろうとするのではなく、リストを効かせてピシッと叩くような、非常にスピーディーな剣さばきである。殺せなくても戦力を削ぐことはできる。それで十分である。そうして戦っているうちに独特の攻撃リズムを体得していった。軽くフェイントをかけて相手の攻撃を誘う、それをかわしてからカウンターを食らわせる。先後先の戦法である。オイゲンが長い軍歴にあって、少なくとも剣対剣で軽傷で済んできたのは実にこの戦法に負うところ大であった。

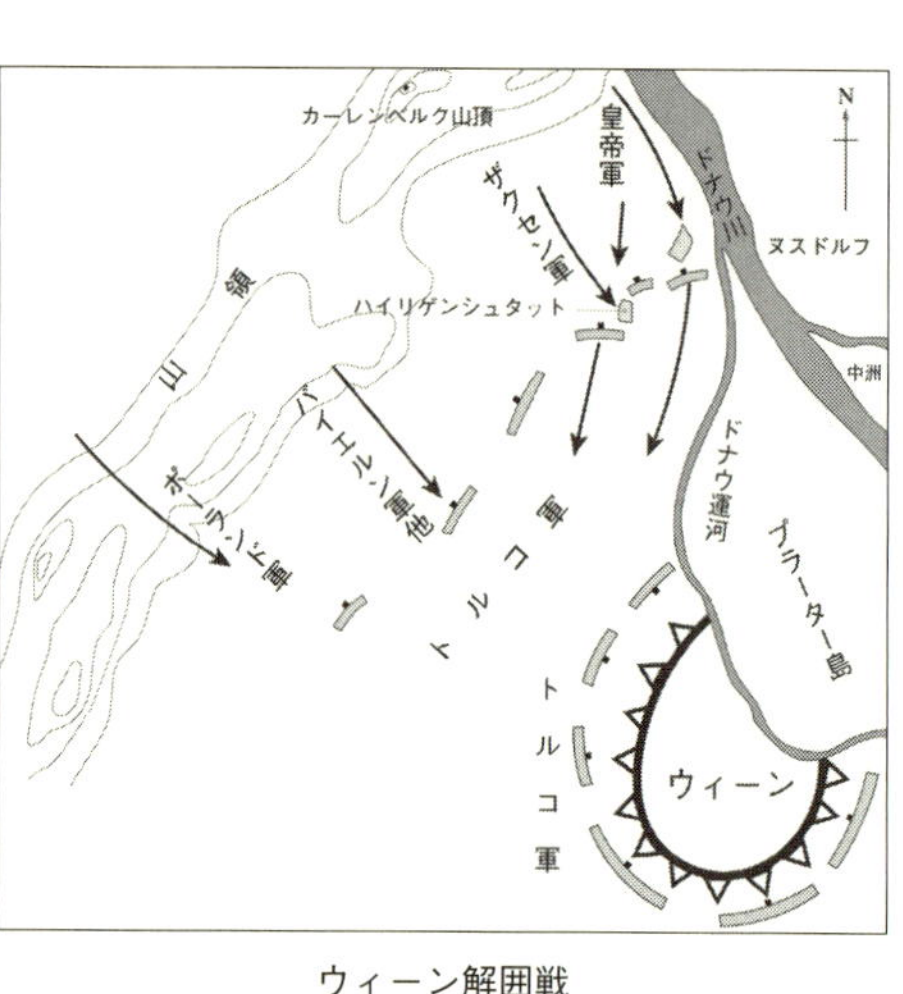

ウィーン解囲戦

「オイゲン、右へ行け！　右だ！」

　フランツが叫んだ。

　左を見ると、敵味方入り乱れた集団が押し寄せてきていた。

　対戦していた敵騎兵隊も右へ移動する。移動しながらじりじりと下がっていく。

　ブドウ畑に突入した。遠目には緑の絨毯のように見えたが、中に入るととんでもなく入り組んでいた。ブドウの木や枝が行動を妨げ、木柵や石垣が行く手をふさいだ。必然的に戦いは集団ではなくて個人戦の様相を呈してきた。オイゲンとフランツも離れた。

　オイゲンの追っていた敵が逃げ場を失い、反転して剣を振り上げて向かってきた。敵はオイゲンの突き出した剣を払おうとした。その剣をかわして右手首内側にピシッと叩き込んだ。手首の腱を切断された敵は剣を落とした。オイゲンは素早く相手の右側頭部に二の太刀を浴びせた。敵のトルコ帽が飛び、敵は馬もろともブドウ棚を突き破って逃げ去った。

　こうして戦っているうちに再び広い斜面に出た。敵の姿は見えない。味方騎兵が続々と集まってくる。フランツも来た。

「おお、オイゲン、無事だったか」

「ええ、何とか」

「取りあえず撃退させたな。次はどこだ？」

　周囲を見回していると、伝令兵が飛んできた。

「ザクセン軍が危ない。ずっと右下だ。あのブドウ畑のずっと向こうだ。急いでくれ！」

伝令兵の後について走る。ブドウ畑を抜けると、従兄のルートヴィヒが馬上で指揮棒を振って叫んでいる。

「向こうだ！　急げ、急ぐんだ！」

さらにブドウ畑を抜けると、下の方の斜面で戦闘が行われていた。ザクセン軍の歩兵隊が敵歩兵に取り囲まれていた。二百騎ほどで突進していく。敵歩兵の輪の中に突っ込んでいく。馬で蹴散らし、敵の頭上に剣を叩きつける。この時ばかりはオイゲンも荒っぽく剣を振るった。敵の輪が乱れる。ザクセン軍が反撃に出る。何とか敵を撃退させた。

ザクセン選帝侯ヨハン・ゲオルク３世

だが、ほかでもザクセン軍は危険な状態にあった。イェニチェリ軍団の猛攻に遭って、激戦の末に退却していた。その際、ザクセン選帝侯ヨハン・ゲオルク三世が敵の矢を頬に受けて負傷していた。毒矢でなかったのが不幸中の幸いであった。

ロートリンゲン公はいったん左翼全軍を引かせた。右翼を務めるザクセン軍がやや右に寄りすぎていたために戦線が間延びしていたのだ。軍を再編成した上で、全軍をヌスドルフ村の攻略に投入することにした。

戦闘再開。トルコ軍は援軍を送り出していた。イェニチェリを含めた歩兵軍団だ。ヌスドルフ手前で激突した。同じような展開になる。大集団があちこちにばらけて小規模な戦闘が繰り広げられた。

オイゲンとフランツのグループが敵を求めて移動していると、激しい銃撃音が聞こえてきた。ブドウ畑を抜けると墓地が見えた。敵兵は墓石を盾にして撃ってくる。矢も飛んでくる。味方は手前のブドウ畑に身を潜めて応戦している。敵味方の数、それぞれ五十ぐらいか。距離は三十メートルから五十メートル。

フランツは馬を下りた。オイゲンもほかの隊員たちも下りた。フランツの提案で半分の十名が正面に、残り十名が右に大きく迂回して墓地の背後に回ることにした。墓地は奥が少し高くなっていて向かって左は崖になっている。

オイゲンとフランツのグループはいったんブドウ畑の中を後退し、それから右に大きく回り込んだ。武器はピストルと剣だ。姿勢を低くしてブドウ畑から墓地の背後の雑木林に入る。五十メートルほど進むと墓石の背後にいる敵兵の姿が見えた。フランツは手を振ってさらに前進するよう促す。敵兵の背後十メートルに迫ると、立て膝の構えでピストルを撃った。敵兵たちが絶叫して倒れる。ピストルをホルスターに差し込むや抜刀して突進する。慌てふためく敵兵たちを次々に切り倒し突き刺す。正面の味方兵たちも抜刀して切り込んできた。逃げようとする敵兵を追って切って刺す、銃床で殴る。負傷して倒れた奴は止めを刺す。崖際のフェンスに追いつめられた敵兵が死にものぐるいで向かってくる。オイゲンは巧みに身をかわしてピンポイントで手首を叩き、一歩踏み込んで喉を突き刺した。剣を引き抜くと敵兵は前のめりに倒れた。

オイゲンは子供の頃フェンシングが好きだった。幼少にしてリズム、テンポ、ディスタンスの重要性を理解していた。強いというよりも巧みな剣さばきだった。だからか相手にずるいとか汚いとか言われた。それで嫌気がさしてフェンシングから遠ざかった。

戦いが終わってざっと数えてみると、三十ほどの死体が転がっていた。すべて敵兵であった。イェニチェリの服装も散見された。

「こいつらはもともとはキリスト教徒だったんだから相応しい場所で死ねたわけだ。良かったじゃないか」

誰かが言った。

皇帝軍はじわじわとヌスドルフの村に接近していた。

オイゲンたちの騎兵隊は再び集合し、村はずれの小川に差しかかった。

バーデン辺境伯ルートヴィヒは全員に下馬を命じた。全員が抜刀して小川を渡った。

「突撃！」

号令をかけたルートヴィヒ伯を先頭に「うわーっ」と叫びながら村落に突っ込んでいく。それを皮切りに味方軍団が次々に村に突入した。村じゅうで接近戦が展開された。勢いは救援軍にあった。

オイゲンとフランツは二十人前後の塊で動いた。敵に遭遇するたびにそれを撃破し、村の中央へと歩を進めた。

教会前の広場で強力な敵とぶつかった。数百人はいる。前列の兵は槍衾（やりぶすま）を作って容易に近づかせない。接近すると槍を繰り出してくる。

味方が続々とやってくる。歩兵隊が一斉射撃を加える。敵兵がばたばたと倒れる。隊列が崩れる。そこへ突っ込む。またもや大混戦になる。

オイゲンは用心深く集団の中には入らなかった。馬上でならともかく、陸上では体格体力ともに劣るオイゲンには不利になるのだ。集団の外側で一人ずつ倒していった。

敵は執拗に抵抗する。槍兵は槍を捨てて棍棒で襲いかかってくる。ついにはあまりの密集で棍棒も剣も使えず素手で殴り合う。殴って倒れた奴の首を絞めて殺す。

さしもの敵もついに逃げ出した。救援軍はヌスドルフを奪取した。だが、ロートリンゲン公は手を緩めず、隣村ハイリゲンシュタットへの進撃を命じた。ハイリゲンシュタットまではもう一キロもない。さしたる抵抗もなくハイリゲンシュタットを占領した。ウィーンまであと四キロに迫った。

ここで、ロートリンゲン公は休止を命じた。昼休みである。太陽は下降を始めていた。

オイゲンとフランツは仲間たちと民家の庭に入った。大きなテーブルに腰を下ろした。

オイゲンは雑嚢から昼飯を出した。二つに割ってラードを塗った丸形のパンが一個、それにサラミが一本ついていた。彼はナイフを出してサラミを切った。それを口に入れる。パンを噛んで水筒のワインを口に含む。サラミを噛んでワインで流し込む。ラードの脂、サラミの塩、ワインのアルコールが胃の腑に染み込む。美味い。オイゲンは黙々と食べた。

視線を感じて顔を上げると、向かい側に座っている男と目が合った。髪、眉、髭すべて金色だ。目は明るい青だ。

「おまえ変わった顔してるな。おまけに小さい。イタリア人か」

金色の男が低い声で訊いた。

自分は確かにイタリア人だ。だがパリで生まれパリで育ったからフランス人でもある。オイゲンはそう思いながら黙っていた。

「ひょっとして耳が聞こえないのか」

金色の男は威嚇するような口調で言った。

相変わらずオイゲンは黙っていた。

「こいつは西の方から来たんだよ。それでいいだろ？」

フランツが代わりに答えた。

「何？　西の方だって？　ははは、面白い、実に面白い。そうか、まあ、それでいいだろう」

男は笑みを浮かべて言い、続けた。

「おれはヴォルフガングだ、ドイツから来た」

「オレはフランツ、ウィーンだ。そしてこいつは」

とフランツが言うと、

「おれはオイゲン」

とオイゲンは自ら名乗った。

「イタリアならエウジェーニオ、フランスならウジェーヌだな。でもここではオイゲンだ。オイゲン、よろしくな」

ヴォルフガングがどこかで調達したと思しきグラスを軽く掲げた。

オイゲンとフランツも一緒に水筒を掲げた。

オイゲンはワインを一口飲むとフランツに顔を向けた。

「ちょっと訊いてもいいかな」

「何だよ」

「フランツはウィーンっ子だろ、何でバーデン辺境伯の軍隊に入ったのかなって思ったんだけど」

「ああ、そんなことか。簡単さ、憧れだな」

「憧れ？」

「そう。彼は勇者のなかの勇者だ。ヒーローだよ。みんなの憧れなんだ。だからさ」

「そうなのか……」

オイゲンはうれしかった。実はおれ彼の従弟なんだ、と言いたくなったが、かろうじて堪えた。同じ頃、中央軍も休息に入っており、右翼のポーランド軍は攻撃準備の真っ最中だった。戦場は静寂に包まれていた。

ポーランド軍がついに動いた。軍は二手に分かれた。左翼をソビエスキ王が、右翼をヤブロノフスキ将軍が指揮を執った。

ポーランド軍が森を抜けたのを中央軍の将兵が認めた。その瞬間、敵がびっくりするほどの大歓声が上がった。いやが上にも士気が高まる。

だがポーランド軍は二度三度と押し戻された。その際取り残された数百人ほどの部隊がイェニチェリ千人余の軍勢に取り囲まれてしまった。ソビエスキは救援を要請した。右翼軍の騎兵隊が急行する。これを見てイェニチェリは退却した。

ポーランド軍は前進後退を繰り返しながらもトルコ軍の本陣を目指した。だがシパーヒとタタールの騎馬軍団が執拗に抗戦する。多大な犠牲を出して退却を余儀なくされた。

ソビエスキはここでフサリア部隊を投入する。フサリアとは、ヘルメットと甲冑で身を固め、毛皮のマントを羽織り、槍、剣、ピストル、ブズディガンという棍棒で武装した重騎兵である。従って馬も大型で足の強いアラブ馬だ。

ソビエスキはこのフサリア三千騎を一挙に投入した。槍に結びつけた紅白のバナーを翻しながら、フサリアの大軍が斜面を駆け下りていく。トルコの騎兵軍団も三千騎だ。両者が激突した。最初は槍の突き合いになった。フサリアの槍は強い。次々に敵兵を突き刺し突き落としていく。槍が折れると馬を返し、背後に控える従者のもとに走る。予備の槍をひったくると再び戦線に戻って戦う。槍を失ったフサリアは剣を抜く。剣を失ったフサリアは棍棒を抜く。ピストルも撃つ。

一時間後、トルコ騎兵は大幅に数を減らして退散した。だが今度はトルコの歩兵軍団が待ち受ける。これを馬で蹴散らし、槍で突き刺していった。敵兵が馬を避けようとして地面に伏せば、槍で突き刺し馬で踏み潰した。

敵の主要部隊が陣を張る堡塁が視野に入った。中央軍も敵の堡塁に迫っていた。ロートリンゲン公も進路を大きく右に転じその堡塁に向かった。

敵の堡塁は精強な部隊に守られていた。だが、正面と左右の三方向からの攻撃には抵抗もむなしく撤退せざるを得なかった。

ついに救援軍は敵の堡塁を占拠し、ウィーンにあと三キロまでに迫った。

ロートリンゲン公、ソビエスキ王を始め将軍たちが再び顔を合わせた。ロートリンゲン公は攻撃を継続するかどうか迷っていた。

「どうします？　だいぶ日も落ちてきましたが、今日はここまでにしますか」

ロートリンゲン公は将軍たちの顔を見回した。

先に口を開いたのはザクセンのゴルツ将軍だった。

「私はもうこのとおりの老いぼれですので、今夜はゆっくりとウィーンで寝たいと思います」

「私も老いぼれですので、そうしたいですな」

フランケン軍を指揮するヴァルデック伯爵が同意した。

「私はまだ老いぼれというほどではありませんが、やっぱりウィーンのベッドが良さそうですな」

ソビエスキ王が言った。

「では、攻撃続行で決まりましたな」

ロートリンゲン公は早速攻撃命令を下した。

救援軍はトルコ軍の本陣目指して、おびただしい数のテントで埋め尽くされた地域に突入した。

バーデン辺境伯の連隊はショッテン門に向かっていた。そこにトルコの騎兵軍団が立ちふさがった。激烈な戦闘が始まった。オイゲンはまたもやフランツと組んで戦っていたが、いつの間にか彼と離れていた。単騎で敵と戦っていた。「しまった！」と思ったが、時すでに遅く、敵に囲まれていた。前に出過ぎてしまったのだ。奮戦するも及ばず、「これまでか」と覚悟を決めた、その瞬間、背後に突風のような圧力を感じた。振り返ると、敵がばたばたと倒されていく。ピーターだった。長い腕で長い剣を振るって敵を叩き潰す。凄まじい迫力だった。

「オイゲン！　ついてこい！」

ピーターが叫んだ。

「ピーター！」

と叫んで、オイゲンは彼の後に続いた。

安全な場所まで来ると、ピーターは、

「城内で会おう！」

と大声で言い、再び戻っていった。

援軍を得てバーデン辺境伯の軍は敵騎兵隊を駆逐した。そしてショッテン門の前まで来ると、城壁に張りついていたイェニチェリ部隊が攻撃してきた。またも激戦となる。それを見た市防衛軍司令官シュターレンベルクは市外へ軍勢を送り出した。前後からの挟撃に遭ったイェニチェリ軍団はたまらず敗走した。

救援軍は勢いに乗って攻めに攻めた。トルコ軍はなすすべもなく総崩れになった。将軍たちが大将を置き去りにして逃げ始めた。カラ・ムスタファは親衛隊に守られつつ命からがら南へと逃げていった。

オイゲンは部隊とともにショッテン門から市内へ入った。惨状は目を覆うばかりであった。多くの建物が砲撃で破壊されていた。路上には瓦礫が散乱していた。解囲を知った市民たちが続々と外に出てきていた。

オイゲンは部隊から離れてピーターとフランツの姿を求めて歩き回った。気がつくと、シュテファン大聖堂の前に来ていた。大聖堂は無数の砲弾を浴びて傷だらけの姿を曝していた。立ったまま見上げていると、ポンと肩を叩かれた。振り向くとピーターだった。

「ピーター、無事だったんだな」

「ああ、傷一つないぜ」

「そういえば、おれもだ。いや、少しあるかな、打撲傷とか」

「おれたちはそう簡単にはくたばらないさ。特におまえはな」

「そうか？　なんで？」

「顔に書いてあるよ、不死身ってな」

「そんな馬鹿な！」

「おれにはちゃんと読めるのさ。英独仏三ヵ国語で書いてあるぜ」

「そんな馬鹿な！」

「ははは、何か食いに行こうか」

「ああ、そうしよう。腹減ったもんな」

彼らは暮れなずむウィーンの歓喜に沸く雑踏の中に消えていった。

第三章　独　立

ソビエスキ、ウィーン入城

彼らはケルントナー通りを歩いていた。どこか飯を食える所はないかときょろきょろしていると、突然声をかけられた。

「おい、オイゲン！」

「あ、フランツ！」

オイゲンは驚喜の声を上げた。

「会えて良かった。心配してたぜ。無事だったんだな」

フランツはそう言いながらオイゲンの手を握った。

「ああ、無事だ。本当に会えて良かった。ああ、こいつはピーター、イングランド人だ。こいつに助けてもらったんだ」

「ピーターだ。別に助けちゃいないけどな」

ピーターはフランツに手を差しのべた。

フランツはその手を握り、ピーターを見上げた。

「手もでかけりゃ体もでかいな。見ただけで敵も逃げていきそうじゃないか」

「身長百九十五センチだよ」

オイゲンが言った。

「おれより二十センチも高いのか。それだけ高いと羨ましいを超越してるな。ところでどこへ行くんだ？」

「飯を食いに行こうと思ってたんだけど……」

「なら、おれんとこに来いよ。すぐそこだから」

フランツは先に立って近くの路地に入った。すぐに左に曲がりまた右に曲がった。狭くて昼でも暗そうな小路だった。

「実は今日は妹の誕生日なんだよ。今急いでプレゼントを買ってきたところだったんだ」

フランツは手に持っていた包みを見せた。

「そうなのか。でも、おれたち行ってもいいのか」

「ああ、もちろんさ。みんな喜ぶよ。まさか今日できるなんて思ってなかったから誰も招待していないんだ。おれもおまえたちを紹介したいしな。ああ、ここだ」

三人は集合住宅の暗い階段を上がっていった。

「友達を連れてきたよ。義勇兵だよ」

フランツが言った。

「初めまして、ピーターです。ピーター・ガーランドです。イングランドから来ました」

ピーターは高い背をかがめるようにして言った。

オイゲンはまずいことになったな、と思ったが、言うしかなかった。

「初めまして、オイゲン・フォン・ザヴォイエンです。フランスから来ました」

「何だって？　フォン・ザヴォイエンだって？」

フランツが素っ頓狂な声を上げた。

「すると、おまえはバーデン辺境伯の……」

「そうなんだ、従弟だよ。黙っていてごめん。言いそびれてしまって……」

「いや、いいさ、そうだったのか。しかし、びっくりだな。こいつ、おれが訊いたら、ちょっと西の方から来たって答えたんだぜ、笑っちゃうよな。まあ、フランスだろうとは思ったけど、大貴族の御曹司だったとはな。しかし、たまげたな……」

「ひょっとしてピーターも大貴族なのか？」

フランツはここで言葉を切り、そしてまた続けた。

「いやいや、とんでもない。おれんとこは貴族ですらないよ。ジェントリと言ってな、ただの土地所有者だよ」

「ただの土地所有者じゃなくて大土地所有者だろう？」

「まあ、そうなんだけどな……」

ピーターはしぶしぶといった体で認めた。

「まあまあ、お二人とも遠くから来てくれてうれしいわ、本当にありがとう」

フランツの母親が制するように割って入った。

フランツが家族を紹介した。父親はアントン・アンブロージ、市の幹部職員。母親はハンナ、ウィーン生まれ。十七歳の誕生日を迎えたマリアは栗色の髪の美少女で、宮廷職員、つまりは下位の女官。父親とフランツは似ていた。二人とも黒髪黒髭の中肉中背。フランツの方が少し背が高い。マリアは母親似だった。

全員が着席すると、フランツの父親が言った。

「今日は二つ同時にお祝いだね。マリアの誕生日と私たちの勝利に乾杯しよう」

「乾杯！」「誕生日おめでとう！」「われらの勝利に！」

美味いワインだ、本当に美味い、とオイゲンは思った。

「イングランドはどちらですの？」

母親がピーターに尋ねた。

「オックスフォードの近くですけど田舎です。もの凄い田舎で何もありません。釣りと狩猟ぐらいしかすることがないのです。僕はどっちもやりませんけど」

「だからこっちに来たんですよ、暇なんです」

オイゲンが口を挟んだ。

「ああ、そうかもな」

ピーターはあっさり認めた。

「ところで、ご先祖はイタリアですか」

ピーターが訊いた。

「ええ、そうです」

と父親が答えると、

「ヴェネツィアなんですよ。何代か前の人が貿易商で、たびたびウィーンに来ていてウィーンの娘さんに惚れたんですよ」

と母親が引き継いだ。

「では、オイゲンと同じイタリアですね。オイゲンがウィーンの娘さんに惚れるかどうかは分かりませんが」

ピーターはオイゲンにウインクしてみせた。

オイゲンは、ピーターが話しながら熱い視線をマリアに向けているのを見逃さなかった。

「ピーターはぼくの顔に三ヵ国語で不死身って書いてあるって言うんですけど、ピーターの顔にも二ヵ国語で何か書いてあります。英語とドイツ語です。マリア、読めますか」

オイゲンはマリアに尋ねた。

「いいえ、何も、読めませんけど……」

「マリア、われ君を愛すって書いてあります」

「ええ！」

「まあ！」

ピーターとマリアが同時に声を上げた。

「ははは、そうなのか、ピーター？」

フランツが可笑しそうに訊いた。

「オイゲン、おまえ……」

ピーターは顔を赤らめている。

「マリアはどう思う？」

またフランツが尋ねた。

「そんな……」

マリアも顔を赤らめている。

「まあ、面白いのね。若い人たちっていいわね」

母親が心から楽しそうに言った。

こうして楽しい夜が過ぎていった。そして、そろそろお開きとなったとき、

「今夜はここに泊まっていったらいかが」

と母親が言った。

「ああ、それがいい。部屋もあるし、それに外の天幕じゃよく寝られないでしょう。泊まっていきなさい」

父親も勧めた。

「助かります。トルコ軍が残していった天幕じゃ確かによく寝られません。向こうは地獄、こっちは天国ですよ。ありがとうございます」

ピーターが満面に笑みを湛えて言った。

どこもかしこも腐臭が漂っていたが、おびただしい数の人間と家畜の死体が転がる市周辺よりも市内の方がまだましであった。


トルコ軍の死者はおよそ二万、捕虜三千。救援軍の死者は二千、負傷者三千であった。いかに救援軍が優勢であったかが分かる。

トルコ軍が逃げ去ったあと、すぐさまポーランド兵たちは目の色を変えて略奪に取りかかった。ソビエスキ王が許可を出す前に始めていた。トルコ軍が何もかも置き去りにして退却したため、金銀財宝、高価な衣類、寝具、調度品、家畜、弾薬、武器、とにかく金目の物がそっくり残っていた。略奪天国であった。辺りがすっかり暗くなっても止めなかった。

ロートリンゲン公は略奪許可を出さなかった。トルコ軍の逆襲を懸念していて軍の出動態勢を完全には解除していなかったのである。従って翌日許可を出したときには、もはやめぼしい物は何も残っていなかったのである。

十三日、ソビエスキ王は救援軍最高司令官としてウィーン入城式を挙行した。そしてシュテフアン大聖堂でミサが執り行われた。さらに戦勝祝賀パーティーが続いた。その際オイゲンは従兄のバーデン辺境伯ルートヴィヒと言葉を交わす機会を得た。

「オイゲン、この度はよくやった。立派なものだ。皇帝にもよく伝えておく。これからも頼むぞ」

ルートヴィヒはオイゲンの手を堅く握った。

「はい、ありがとうございます。これからも精一杯頑張ります」

オイゲンは答えた。本心だった。そしてうれしかった。フランツが言った「みんなの憧れ」から評価され、激励されたのだ。うれしくないわけがなかった。

その翌日、皇帝はウィーンに入った。ソビエスキ王と同じルートを取った。東南側の破壊を免れたシュトゥーベン橋でウィーン川を渡り、シュトゥーベン門を通って市内に入った。ヴォルツァイレ通りを五百メートルにわたってパレードし、シュテファン大聖堂に入った。そしてミサが行われた。また前日と同じく祝賀パーティーが行われたが、そこにソビエスキ王の姿はなかった。彼はポーランド軍の宿営地である郊外のシュヴェッヒャートに留まっていたのである。

翌日、皇帝は馬に乗ってそのシュヴェッヒャートに向かった。ソビエスキ王も馬に乗って皇帝を出迎えた。両者はラテン語で言葉を交わした。皇帝はソビエスキ王に謝意を述べ、王は皇帝軍とハプスブルク軍の健闘を讃えた。それだけであった。ぎごちない会談ではあったが、互いに礼を尽くしたのである。

その日の夕刻、バーデン辺境伯ルートヴィヒ、オイゲン、フランツ、ピーターの四人が夕食をともにした。ルートヴィヒが一席設けてくれたのだ。

「ザクセン選帝侯がウィーンを去った理由をご存知ですか」

オイゲンは尋ねた。

その日、ザクセン選帝侯は突然軍を挙げてウィーンを去ったのである。

「いや、はっきりした理由は分からない。皇帝がシュターレンベルクを元帥に昇格させたことが気に入らなかったんじゃないのかとか、自分が正当に評価されていないと思ったのではないのかとか、ブランデンブルクの軍がドレスデンの近くまで迫ったことに脅威を感じたのではないのかとか、人はいろいろと憶測しているがね……」

「ヴァルデック伯爵も軍を引き上げるという噂がありますけど、本当ですか」

オイゲンはついさっき耳にしたことを確認したかった。

「ああ、本当だ。彼は今赤痢に罹っているんだが、それはともかくとして、自分のやるべきことはもうやったと思っているんじゃないのかな。それと、フランケンはトルコよりもフランスに脅威を感じているのだろう」

「それでは、トルコ軍に対する追撃はどうなるんですか」

それまでかしこまっていたフランツが口を開いた。

それは誰もが気になっている事柄であった。

「やる。絶対にやらねばならない。カラ・ムスタファの首は取らねばならない。もう遅すぎるかもしれないが……。あのソビエスキが邪魔したのだ。なぜだか分かるか」

三人は揃って首を横に振った。

「まず自軍の兵に略奪をやらせた。これで時間を浪費し、兵たちの士気を落とさせた。つまり、戦争は終わったと思わせてしまったのだ。だが、それはまだいい。問題はあいつの虚栄心なのだ。分かるか」

三人はまた首を横に振った。

「あの男は自尊心と虚栄心の塊みたいな人間なんだ。ウィーン入城をやりたかったのだ。救世主面してパレードやってミサやってパーティーをやりたかったのさ。それも皇帝よりも先にだ。あいつは皇帝を蔑んでいる。臆病者だと思っている。自分は皇帝よりも偉い人間だと自惚れている。鼻持ちならない奴だ」

ルートヴィヒの顔は怒りに満ちていた。

「すると、ポーランドも引き上げるんですか」

ピーターが尋ねた。

「いや、それはないだろう。最後までやって自分の手柄にするつもりだろう」

「全くもって嫌な奴ですね」

フランツが憤慨して言った。

オイゲンはソビエスキ王の姿を思い出していた。あの丸い腹には虚栄心が詰まっていたのか、と思うと可笑しかった。

「ポーランド抜きで、つまり皇帝軍だけでやれませんか」

ピーターが意外なことを言った。

「できる。今ならわれわれだけで勝てる。いや、わが軍だけでも勝てる」

「わが軍というのはバーデン辺境伯の軍ということですか」

ピーターが「まさか」と言いたそうな顔つきで尋ねた。

「もちろん。戦意が違う。連中はもぬけの殻だ。逃げることしか頭にない。だいたい大砲も弾薬も全部置き去りにしていったんだぞ。大砲なし、弾薬なし、戦意なし、戦えるわけがない」

確かにそうだ、とオイゲンは思った。さすがルートヴィヒ、ちゃんと見ているなと感心した。

「じゃあ、やりましょう。いざとなったらおれたちだけでもやりましょう」

フランツが威勢の良い声を上げた。

「あの、おれ、伯爵の軍に入れてもらえませんか」

ピーターがルートヴィヒの顔を覗いた。

「ああ、いいとも。大歓迎だ」

「よし！　やったぜ」

ピーターは勢いよく立ち上がった。

「おい、立つなよ。でかすぎるんだから」

オイゲンが言うと、どっと笑いが起こった。

たとえ連隊長の地位にある者が国を替えたとしても全く問題なかった。後ろ指を指す人間なんていなかった。どこへ行こうと、おれの勝手、だった。ましてやピーターのような義勇兵がどこに行こうが全然問題にならなかったのだ。

「これで三人一緒だな」

フランツがやる気満々の顔で二人を見た。

「よし、できたてほやほやの三剣士に乾杯しよう」

ルートヴィヒは彼らのグラスにワインを注いだ。


ウィーン市には戦後処理という重い負担がのしかかった。再度のトルコの襲撃に備えるため、急いで城壁を修復しなければならなかった。市内外の損壊を受けた建物の修理も急を要した。路上の瓦礫の除去と清掃、また市内外の万を数える死体の処理も大仕事だった。市民だけではとても足りず、救援軍の兵士と多数のトルコ人捕虜が投入された。病院は負傷兵と病人で溢れかえり、他市へ移さねばならないほどだった。市の周辺には親を失った子供たちが大勢うろついていた。神父コロニッチュは市民たちの助けを借りて数百人のそういう子供たちを保護し、ウィーン運河の対岸の町レオポルトシュタットにある施設で面倒を見た。

復興に向けて明るい動きもあった。戦後の荒廃した街に、ギリシア人やセルビア人がコーヒーハウスを開いて市民に新しい飲み物を提供したのだ。その飲み物に市民たちは飛びついた。抜群の人気を誇った店は、密偵として活躍した、あのコルシツキの店であった。おまけに市から報償として免税特権を授与されたので、莫大な利益を上げたのである。

九月十七日、ポーランド軍が追撃を開始した。

翌十八日、皇帝軍が続いた。

翌十九日、皇帝がリンツに引き上げていった。王宮の損壊も酷くてとても住める状態ではなかったのである。

連合軍はドナウ川の右岸沿いに進んだ。プレスブルク（ブラティスラヴァ）まで来ると停止した。このまま右岸沿いに行っても退却するトルコ軍に荒らされた後であり、食糧の調達に支障を来す恐れがあった。そこで左岸に渡ることにした。

だが、橋を作らなければならない。橋といっても舟橋である。舟を並べてその上に板を渡す。人員を集めるのに時間がかかり、渡河できたのは九月も末であった。

第一攻撃目標はドナウ川を下ること百五十キロ、ドナウ右岸の町グラン（エステルゴム）である。十月六日、グランの対岸にある小さな町に近づいた。そこにはドナウに架かる橋を守る敵の部隊が陣取っていた。

翌日は休養日にすることになった。だが、その翌日、トルコ部隊がこちらに向かっているとの報を偵察兵がもたらした。騎兵だけで、せいぜい数百騎だという。

「こしゃくな。ひねり潰してくれる」

ソビエスキ王は立ち上がった。直ちに攻撃命令を下し、ロートリンゲン公に断りもせずに出発した。

一時間も行くと、早くも敵部隊の影が見えた。敵はポーランド軍を認めると反転して逃げ始めた。

「追え、追うんだ！　逃がすな！」

ソビエスキ王は先頭で叫んだ。

ポーランド軍は速度を上げた。敵部隊との距離が縮まる。すぐ目の前に迫ったところで、今度は敵が速度を上げた。距離が広がる。そして、また距離が縮まる。いつの間にか馬が水しぶきを上げていた。両側には小高い丘があった。逃げる敵は前方の斜面を登っていく。ポーランド軍がその斜面を登り始めたとき、忽然と逃げたはずの敵部隊が姿を現した。

左右の丘の上から喊声を上げて敵が襲いかかった。前方の敵も丘を駆け下りた。長さ二キロ幅数百メートルほどの湿地帯で戦闘が始まった。後ろの出口も敵兵にふさがれた。

地形を知悉したトルコ軍の罠に物の見事にはまったのである。主に狙われたのはフサリアであった。重装備の彼らは重い、大型の馬も重い、ぬかるみで思うように動けない。敵歩兵が槍で馬を攻撃する。落下したフサリアをよってたかって槍で突きまくる。特にむき出しの顔が狙われた。憎悪に染まった槍の穂先が原形を留めないほどに顔面を攻撃した。

脱出したポーランド騎兵が急を伝える。皇帝軍が急遽救援に出動する。まっさきに動いたのはバーデン辺境伯の騎兵部隊であった。オイゲン、フランツ、ピーターが先頭を行く。湿地帯を脱出したポーランド兵が逃げてくる。必死の形相の一団とすれ違った。「あれ？　今の丸いのは虚栄心の塊か？」とオイゲンは思った。

行く手に小高い丘が二つ並んでいるのが見えてきた。怒声が聞こえてくる。オイゲンは瞬時に理解した。

「ピーター！　左の丘を登れ！　おれとフランツは右に行く」

「了解！　みんな、おれに続け！　こっちだ！」

ピーターは左の丘に向かった。

騎兵部隊は二手に分かれて丘を登っていった。左右から挟撃する。敵兵は何が起こったのか理解できない。泡を食って退散し始めた。

「追うな！　追わなくていい！」

オイゲンは追撃しようとする友軍を必死で止めた。

「そうだ。それでいい。オイゲン、よくやった」

従兄のルートヴィヒが傍らに来ていた。

「今の敵の規模だとグランの本体からも来ていたようだな。カラ・ムスタファの奴、まだグランにいるのかもしれない。いればチャンスだ」

ルートヴィヒは敵が逃げ去った方向をじっと見ていた。

ソビエスキ王も息子のヤーコプも危ないところだった。死んでいても捕虜になっていてもおかしくなかったのだ。ポーランド軍は小さくない打撃を被った。さすがにソビエスキ王のぶっとい鼻っ柱もへし折られた格好になってしまったのである。

翌日、遅れていた歩兵と砲兵の部隊が到着した。赤痢で伏せっていたバイエルン選帝侯マクス・エマヌエルも一万二千の騎兵を率いて合流した。彼はオイゲンよりも一歳上で、父方の曾祖父が同じだった。

その直後、トルコ軍が大軍を繰り出してきた。連合軍が迎え撃つ。一時間でドナウ川まで後退させた。砲撃で橋を破壊して逃げ道をふさいだ。そして殺戮が始まった。終わってみれば溺死者を含めて敵は九千の死者を出していた。

カラ・ムスタファはその時すでにブダペストに逃げていた。彼はウィーンでの敗戦後、二日後には百キロ先のラープに達し、そこで敗戦の責任を将軍たちに押しつけて彼らを処刑した。ブダペストでグランの敗北を知ると、とっととベオグラードへと逃げていったのである。

連合軍は早速舟橋を作った。そしてグランの町を包囲した。攻撃を無駄と判断したロートリンゲン公は交渉を持ちかけた。その結果、トルコ軍は降伏した。

追撃はここで終了した。大きな戦果を上げたこと、今後の食糧調達に困難が見込まれること、ポーランド軍に厭戦気分が生じたこと、カラ・ムスタファが遠くベオグラードに逃げてしまったことなどがその理由であった。

十月下旬、皇帝軍はウィーンに帰還した。ポーランド軍は途中で北に向かった。ウィーンの町は一ヵ月で見違えるほどきれいになっていた。腐臭も悪臭もほとんど消えていた。店も多くが再開し、ケルントナー通りやグラーベンは賑わっていた。ただ、相変わらず物価は高かった。文無しのオイゲンはピーターやフランツに奢ってもらうことが多かった。

しばらくピーターと一緒にフランツの家に居候していたが、スペイン大使ボルゴマネーロの好意で彼の私邸の食客になることができた。ピーターはフランツの父親の紹介で彼の同僚の家に下宿することになった。

十二月十四日、皇帝はオイゲンに竜騎兵連隊を委ねることを認めた。それには、バーデン辺境伯ルートヴィヒの強力な推薦があったし、遠縁のバイエルン選帝侯マクス・エマヌエルの助力もあった。弱冠二十歳の連隊長が誕生したのである。


十一月下旬、ピーターはウィーンを出発してイングランドに向かった。その前日の午後、王宮裏手、コールマルクトのカフェにピーターとマリアの姿があった。

たわいないおしゃべりの後、ピーターは意を決したように姿勢を正して言った。

「あの、おれみたいな規格外ののっぽは対象にならないかな」

「対象？」

「ああ、何というか、恋愛の対象というか……」

「まあ！」

マリアは絶句した。

「やっぱり無理だよな。ごめん、今の聞かなかったことにしてくれないか」

ピーターは肩を落とした。

「身長は関係ないわ。小さなオイゲンだって好きだし大きなピーターも好きよ」

「本当？」

「ええ、イングランドに帰ったらお便りちょうだい」

「ああ、もちろん。ドイツ語勉強しないとな」

ピーターの顔が急に明るくなった。

「私も英語の勉強をするわ」


十二月二十五日、オイゲンとフランツの家族は揃ってシュテファン大聖堂のミサに参列した。

その日、ベオグラードでカラ・ムスタファの処刑が行われた。

イスタンブールからスルタンの命を受けた使者が到着し、彼の前で死刑判決文が読み上げられた。椅子に腰かけた彼の首に絹紐が巻きつけられた。両脇に立った死刑執行人がその紐の端を握って強く絞めた。

冬の間は戦争は行われない。冬期休業である。

第四章　対トルコ戦争再開

竜騎兵連隊長オイゲン

　オイゲンは若くして竜騎兵連隊長に就任した。ただしただでなれるわけではない。まず宮廷軍事顧問官事務局に認定料を納めねばならない。また、しかるべき将軍たちにプレゼントを贈らなければならない。それだけでも相当な金額になる。さらに自分の連隊の面倒を見なければならない。冬営地にいる連隊は正規の八百名にはほど遠く六百名足らずに減っていた。冬の間に二百名もの募兵をしなければならない。もちろんそれにも金がいる。兵たちの給料は遅配に次ぐ遅配。それを自腹を切って補わねばならない。オイゲンの年収はおよそ一万グルデンだ。決して少ない額ではない。だが金欠の帝国がまともに払ってくれる保証は全くない。普通なら実家に頼るところだが、今や実家などなきに等しい。

　援助を買って出てくれたのはトリノのサヴォワ本家だった。サヴォワ家にしてみれば、ウィーンとの関係をよくしておきたいとの思惑もあったのであろうが、若いオイゲンの将来性に期待もしていたのである。

　一六八四年二月十日の朝、バイエルン選帝侯マクス・エマヌエルの招きに応じてオイゲンは三人の従者とともにミュンヘンに向かった。

　マクス・エマヌエルはもちろんのこと、多くの将校や各国の外交官も若き連隊長の来訪を歓迎してくれた。サヴォワ公使ランテリーは私邸に招いてくれて盛大なパーティーを開いてくれた。マクス・エマヌエルは連日連夜の祝宴に加えて、橇（そり）や狩猟、舞踏会や観劇に誘ってくれたが、オイゲンはあまり興味が湧かなかった。それでも一ヵ月ほど滞在して、三月十二日にミュンヘンを発った。その際、マクス・エマヌエルは、連隊長就任祝いとして一千グルデンと駿馬三頭を贈ってくれたのだった。

丁度その頃、オーストリア、ポーランド、ヴェネツィアの間で対トルコ神聖同盟が結成された。ウィーンでは反トルコ派と反フランス派の対立が続いていたが、反トルコを唱える聖職者のマルコ・ダヴィアーノや教皇インノケンティウス十一世の強力な支持を得て反トルコ派の主張が勝った。一つにはカトリック教会からの多額の財政援助が期待できたからであった。その一方、フランスに対しては外交上の譲歩を呑まざるを得なかった。オーストリアとスペインはレーゲンスブルク休戦条約に調印し、ルイ王が獲得した帝国都市ストラスブールやルクセンブルクの領有を認めざるを得なかったのである。


菩提樹の花がほころび始めた頃、ようやくピーターがウィーンに戻ってきた。

ピーターとマリアは公園のベンチに並んで座っていた。

「本当はもっと早く来たかったんだけど、いろいろあってね」

「いろいろって？」

マリアが悪戯っぽい眼差しで訊いた。

「いや、まあ、お袋がいろいろと用事をこさえるんだよ」

ピーターがさも煩わしそうに肩をすくめた。

「やっぱりお母さんは心配なのよ。うちの母だってそうだもの。ところで私の英語はどうだった？　変じゃなかったかしら」

マリアはピーターに出した手紙のことに触れた。

「いや、全然。最後の方は完璧だったよ。でも、おれのドイツ語は酷いだろう？」

「そうね、でも酷いと言うほどではないわ。やっぱり文法が難しいみたいね。特に名詞の性に間違いが多いわね」

「その名詞の性っていうの何とかならないの？　何で名詞に性をつけて男性、女性、中性なんて分けるの？　ドイツ人の頭の中ってどうなってるんだろうね。そんなのなくせないのかな？」

「確かに変かもしれないわね。でも、なくしたらドイツ語じゃなくなるわよ。英語みたいにへなへなな言語になってしまうわ」

「へなへなな言語だって？　英語が？」

「そうよ、何ていうか、芯がないって言ったらいいかしら」

「芯がないか、なるほどね。じゃあドイツ語はかちかちな言語かな」

「かちかち？　じゃあ、私はかちかちな人間てことかしら」

「いや、そういうわけじゃないけど……。あくまでも言語の話だから……」

ピーターが口ごもると、マリアは可笑しそうに言った。

「もし私たちの子供が生まれたら丁度良くなるんじゃない？　どう思う、ピーター？」

「ええ！　おれたちに子供が生まれるって？」

ピーターは飛び上がらんばかりに驚いた。

「だから、仮定の話よ。そんなに驚くなんて可笑しいわ」

「いや、びっくりした。心臓に悪い」

ピーターは右手で胸の辺りを押さえた。

その日の夜、三剣士はヴォルツァイレのハンガリーレストランで再会を祝した。

「またトルコと一戦を交えるようだな」

ピーターが言った。

「ああ、そうなる。上層部はハンガリーからトルコを駆逐するつもりでいる。ついでにハンガリーの反乱軍も壊滅させるつもりだ」

オイゲンが答えた。

「できるのか」

ピーターが訊いた。

「トルコは今、失地回復の機会を虎視眈々と狙っている。ベオグラードはもちろんのこと、トルコの最前線基地であるブダの防備を固めている。だから、そう簡単にはいかないだろうよ。でも、やると決めた以上はやらなければならない」

「おれにはよく分からんけど、問題は補給じゃないかな。ハンガリーは今じゃ荒廃し尽くしている。農民どもはみんなどっかに逃げてしまっているしな。現地調達は難しいだろうよ」

フランツが表情を曇らせた。

それはオイゲンも考えていた。

「教会が軍資金を出すと言っているから、おれたちとしてはそれを信じるしかない」


七月に入ると皇帝軍はブダに向けて出発した。フランツもピーターもオイゲンの連隊に移っていた。二人とも小隊の指揮官を任されていた。

ドナウ川の左岸（東側）にペスト、右岸（西側）にブダがある。ブダの高台に強固な城塞が築かれている。皇帝軍はまずその城塞の西側を取り囲むように塹壕を掘った。

ひとしきり砲撃を加えてから、歩兵部隊と騎兵部隊が突撃する。だが激烈な反撃に遭って何度も跳ね返される。予想を超えて兵の損耗が激しい。

八月初旬、塹壕の視察を行っていたオイゲンは、突然左の二の腕に激しい痛みを感じた。敵の銃弾が当たったのだ。だが幸い軽傷で済んだ。彼にとって初めての戦傷であった。

バイエルン選帝侯が八千の兵を率いて来援したが、敵も負けじと三万の援軍を得ていた。ブダ城の守りは堅く、攻めても攻めても城壁を破ることはできなかった。

やがて天候が悪化して雨が降り続いた。将兵は雨に濡れた塹壕の中に閉じ込められた。そうこうするうちに食糧が尽きた。ロートリンゲン公は優れた武将ではあったが、戦略以外のことには関心を示さず、輜重(しちょう)に関しても全くの人任せであった。そしてこの度は食糧の備えが十分でなかった。軍勢は飢餓と寒さに打ちのめされ、退却を余儀なくされた。

しかもオイゲンやフランツが懸念したように、退却途上も食糧にありつけることはほとんどなかった。村落に入ってもぬけの殻で、人も家畜も見当たらず、家の中にも口にできるような物は何一つ残されていなかった。イングランドのベリック公が言ったように、略奪の嵐に見舞われた当時の「ハンガリーは世界の中で最も貧しい国」だったのである。

民家に入って休めるのは将校や指揮官だけで、一般の兵は戸外で寝るしかなかった。オイゲンはあえて屋内には入らずフランツやピーターと一緒に農家の軒下でうずくまった。幸い雨は止んで淡い月が出ていた。しかし寒さは厳しい。身を寄せ合って暖を取るしかない。

「懸念したとおりになったな」

フランツが言った。

「ああ、全くだ。しかし、これほど酷いとは思わなかったな。それにこの悪天候も予想外だったし」

オイゲンは壁に背を預けたまま言った。

「馬は草を食えるからいいけど、おれたち人間はな、草じゃな、食っても腹壊すだけだ。こうなると馬が羨ましいよ」

ピーターが嘆いた。

「腹が減っては戦はできぬと言うけど、本当にそのとおりだよな。戦どころかウィーンに無事帰れるのかどうか……」

フランツが情けない声を出した。

「ウィーンに戻れたら、何でもいいから腹一杯食おうぜ。もう腹減って死にそうだぜ」

ピーターは膝を抱えて溜息をついた。

十一月初旬、軍はぼろぼろになって帰還した。飢えと寒さで落後した兵も少なくなかった。オイゲンの部隊も兵員を大幅に減らしてボヘミアの冬期宿営地にたどり着いた。

ウィーンは秋色に輝いていた。抜けるような青空の下、マロニエの葉がすっかり色づき、その下で飛来した冬鳥たちが餌をついばんでいた。

たらふく食って体力を回復した三人に別れの時が迫っていた。ピーターは後ろ髪を引かれる思いで、親との約束だからとイングランドに帰っていき、オイゲンは郵便馬車に乗ってイタリアへ向かった。

目的地はトリノ、目的は金の無心であった。

サヴォワ大公ヴィクトル・アマデウス二世が出迎えてくれた。サヴォワ大公といっても、オイ

サヴォワ大公
ヴィクトル・アマデウス２世

ゲンよりも三歳下で、父方の曾祖父が同じだった。バイエルン選帝侯マクス・エマヌエルとは従兄弟同士だった。十八歳の紅顔の美少年で、背丈もオイゲンとさほど変わらなかった。

「エウジェーニオよく来たな。会いたかったよ」

「ああ、おれもだ。これまでの援助に感謝するよ」

会話はイタリア語だった。

「今度のブダ攻めはさんざんだったようだな」

「そのとおり。酷い目に遭ったよ」

「兵糧が不足するようじゃ戦にならなかっただろう」

「よく知ってるな」

「はは、一応地獄耳だからな。そうじゃないと小国は生きていけないしな」

「軍はもうぼろぼろの状態で、おれの連隊も崩壊寸前だよ。冬の間、兵たちを食わせないといけないし、新たに募兵もしないといけない……」

オイゲンはすでに収入のほとんどすべてを自分の連隊のために注ぎ込んでいたが、それでも足りなかった。

「分かってる。おれにできることはする」

彼は気前よく二万リラという大金を出す約束をしてくれた。

オイゲンはしばらくトリノに滞在して、周辺の都市を見て回った。もちろん観光ではなく、戦略家の目で各都市の特徴や地理的環境を頭に叩き込んだのである。


ウィーンに戻ると、コメルシー公子シャルル・フランソワという若者が待っていた。細身の体に美しい顔をした、いかにも貴公子然とした男だった。オイゲンよりも二歳年長、そしてオイゲン同様ルイ十四世に軍隊入りを断られ、オイゲンを頼ってウィーンにやって来たのだった。オイゲンの活躍はパリにおいてもすでによく知られていたのである。もっとも相変わらず、「連隊長はソワソンのお嬢さま」とか「ちびの連隊長」とか「女槍騎兵」などと陰口を叩く連中は存在したのだが……。

その優男に、オイゲンは芯の強さと純粋さを認めて即座に採用を決めた。コメルシーもまたそれを恩義に感じてオイゲンに忠誠を尽くし、彼の右腕になるのである。

傍らにもうひとり入隊を希望する者がいた。コメルシーの従弟でヴォーデモン公子シャルル・トマという十四歳の少年だった。顔も幼く体も小さかった。こんな子供を戦場に立たせるわけにはいかない。オイゲンは難色を示した。

「確かに彼はまだ若いですが根性も闘志もあります。必ず活躍します。どうか採用してやってください」

コメルシーが少年の背を押して一歩前に進ませた。少年はオイゲンの前に立った。

「必ずお役に立ちます。命に賭けて誓います」

彼はオイゲンを見つめた。

その眼差しは必死に訴えていた。かつての自分を思い出した。ルイ王に拒絶されたあのときの苦い思いを味わわせたくなかった。採用せざるを得なかった。

その後しばらくして、かつて一緒にパリを脱走したコンティからの一報が舞い込んだ。コンティは弟のフランソワ・ルイとウィーンに向かっているというのだ。驚いたオイゲンは自分から出かけていき、ミュンヘン西方の都市アウクスブルクで落ち合った。

案の定、コンティは弟とともにオイゲンのもとで働くことを希望していた。軍人になるという思いを捨てていなかったのだ。だが、オイゲンはコンティは軍人には向いていないと見ていた。性格が優しすぎるのだ。そのせいか、人の言に左右されやすかった。それは軍人としては弱点になる。

ミュンヘンから選帝侯マクス・エマヌエルもやって来て、パーティーや狩りを催してくれた。そうこうしているうちに、コンティは、伯父のコンデ公に説得されてパリに戻った。そして間もなく病に倒れ、帰らぬ人となったのである。

また戦の夏が巡ってきた。皇帝軍六万、ドイツその他の国々から四万、総計十万の大軍がハンガリーに向かった。前年と違って軍資金も潤沢で、準備万端であった。

トルコ軍はブダからさらにノイホイゼルとグランに進出していた。連合軍はまずノイホイゼルを攻略し、次いでグランに向かった。

グランの守りは思いの外堅かった。オイゲンの竜騎兵連隊はトルコ軍の襲撃を撃破したが、バイエルン隊が数に勝るタタール部隊に包囲されて苦戦していた。要請を受けたオイゲンは直ちに救援に向かった。その途次敵が要塞から砲撃を加えてきた。近くに着弾した砲弾の破片がピーターを襲った。彼は馬もろとも地上に叩きつけられた。左腕と左脇腹に破片が食い込んで瀕死の重傷だった。部下の兵たちに後方に運ばれて衛生兵による応急手当を受けた。

戦闘は連合軍の圧勝に終わった。トルコ軍はブダに退却していった。この夏の遠征の主目的はこれで達成された。後は、グランを本拠地にして上部ハンガリーの反乱軍を制圧するだけだった。

ピーターはグランの病院に搬送され、医師の治療を受けたが、全く予断を許さない状態だった。

フランツがウィーンに急報を送った。

それを見たマリアは顔色を変えた。

「ピーターが大変だわ。私行かなくちゃ」

「行くってどこへ？」

「グランよ」

「無理よ。ハンガリーは危険すぎるわ。絶対に駄目」

母親は必死の思いで止めようとした。

市役所から父親が戻ってきた。

マリアが父親に訴える。

「お父さん、グランに行かせて、お願い。ピーターが危ないの」

父親は娘の表情を見てすべてを理解した。

「分かった。馬車を雇おう。護衛もつける。グランまでならそれほど危険ではないだろう」

翌朝、マリアは馬車に乗り、およそ二百キロ離れたグランに向かった。銃と剣で武装して馬にまたがった護衛が二名ずつ馬車の前後を守った。

ピーターのベッドの脇にフランツとオイゲン、それにコメルシーとヴォーデモンがいた。

「どうなの？」

「分からない」

フランツが首を横に振った。

「ピーター、ピーター！　私よ、マリアよ、聞こえる？　分かる？　マリアよ！」

マリアはピーターの顔を覗き込む。その顔にマリアの目から涙がこぼれ落ちた。

「マリア？　マリアなのか？」

ピーターの目が薄く開き、口が動いた。

「そうよ、マリアよ、分かる？　私の顔、見える？」

「ああ、見えるよ。マリア、よく見えるよ、マリア」

マリアはピーターの顔を掻き抱くようにして泣いた。

ピーターは急速に回復していった。左腕はまだ動かなかったが、立ってゆっくりと歩けるようになった。マリアが大きなピーターの体を支える。

「愛の力だな」

フランツが感心したように言った。

「ああ、愛の奇跡だな。凄いな」

オイゲンには、二人の後ろ姿が愛の光に包まれているように思われた。

一ヵ月後の九月中旬、上部ハンガリーにおける反乱をあらかた制圧した連合軍は帰途についた。

ピーターとマリアは二人並んで馬車に乗り、軍勢の後に続いた。


十一月中旬、マリアの家でパーティーが開かれた。オイゲンの少将への昇進、フランツ、ピーター、コメルシーの三人揃っての大尉への昇進、ピーターの快気、そして彼とマリアの婚約、これらすべてを祝う夕食会だった。ヴォーデモンは親元に帰省していた。

マリアの母はコメルシーを見ると感嘆の声を上げた。

「まあ、あなた、何てエレガントなの。すてきだわ」

コメルシーは頬を赤らめた。

「お父さん、ライバル現るだな」

フランツが父親をからかった。

「全くだ、私も頑張らないとな」

彼は妻の肩に手をかけて引き寄せた。

「もちろん、あなたが一番よ、安心して」

彼女が言うと、皆がどっと笑った。

婚約したピーターとマリアは幸せそのものだった。

マリアは左腕の利かないピーターの面倒をよく見ていた。おとなしくマリアの介助を受けているピーターはまるで大きな子供のようだった。

その一週間後、オイゲンは母のいるブリュッセルに向かった。すぐに戻るつもりであったが、母の懇願に負けて一緒にマドリードへ行った。母はマドリードの宮廷で再起を図るつもりだった。

オイゲンは四月末にウィーンに戻り、ピーターとマリアの結婚式に参列した。

ピーターとマリアの結婚式はウィーン市庁舎で行われた。ピーターは二十三歳になったばかり、マリアは十九歳だった。ピーターの両親も参列していた。

近くのレストランで披露宴が催された。双方の親類縁者、宮廷関係者、市役所の職員たち、軍人、外交官、友人や知人など百名少々の和気藹々とした宴であった。

新居はマリアの父親の斡旋で、王宮に近いドロテーア通りの食料品店の上の住まいを借りられた。三部屋にキッチン、新居としては十分な広さがあった。


新婚生活も束の間、六月に入るやいなや軍はブダ攻略に向けて発進した。

「どうだ、ピーター、ちゃんと戦えそうか」

オイゲンは左に並んだピーターに声をかけた。

「もちろんだ。左腕はあまり力が入らないけど、手綱を持つには十分だ。剣は右手一本で事足りるしな」

「おまえの右腕と剣は凄まじいからな、期待してるぜ」

「ああ、期待に応えてやるぜ。見てろよ」

マリアと結婚し、昇進して給料も増えたピーターはやる気満々だった。

ブダの攻略は、前回の失敗から、闇雲に突撃を繰り返すのではなく、徹底的に砲撃を浴びせた。

そして七月二十一日、トルコ軍の火薬庫に砲弾が命中した。凄まじい爆発が起こり、城壁が百メートルにわたって砕け、二千名ものトルコ兵が死んだ。

これを契機に皇帝軍は城内への突入を開始した。しかしトルコ軍の抗戦も激しく、一進一退を繰り返す。八月三日、陣頭指揮を執って城内へ突入しようとしていたオイゲンを数本の弓矢が襲った。一本は折り返した帽子のつばに当たったが、頭への損傷はなかった。もう一本は左手に突き刺さった。オイゲンは矢を引き抜くとそのまま連隊とともに突撃していった。

昨年とは打って変わって好天が続いた。連日、砲撃と歩兵・騎兵の突撃を繰り返す。そして九月二日、皇帝軍は城壁を突破してついに城内になだれ込んだ。激烈な市街戦の後、トルコ軍は降伏した。

数日後、オイゲンの連隊はバーデン辺境伯ルートヴィヒとともにトルコ軍を追撃した。ハンガリー南部オシェク（エセッグ）まで進撃してトルコ部隊を壊滅させた。その他多数の都市が皇帝軍の手中に落ち、トルコ軍の防衛線は崩壊したのである。いよいよトルコ軍最大の拠点ベオグラードが視野に入ってきた。十一月半ば、ようやくオイゲンの連隊は帰還した。

翌一六八七年一月、皇帝軍の将軍の多くはバイエルン選帝侯マクス・エマヌエルに率いられてヴェネツィアに向かった。オイゲンの姿もその中にあった。フランツとピーターはウィーンに残り、コメルシーとヴォーデモンはフランスに帰った。冬のヴェネツィア旅行はヨーロッパの貴族たちの間で人気があった。一行は大歓迎を受け、盛大なパーティーが連日催された。

「どうだ、イタリアの女は？」

大きなパーティー会場の一隅でヴィクトル・アマデウスが訊いた。彼はトリノからやって来てオイゲンと同じホテルに投宿していた。というより、ヴィクトル・アマデウスがオイゲンの部屋を取ってくれたのだ。

「とても魅力的だね。明るくて陽気なのがいい」

オイゲンはそう答えたものの、笑顔は見せなかった。もともとパーティーの類いは好きではなくて、たいていの場合義理で参加しているにすぎなかった。おまけに女性にもまるで関心を示さなかったのである。

では、なぜヴェネツィアに行ったのか、答えは簡単である。金の無心以外にはない。その点、オイゲンはあらかじめ、在ウィーンのサヴォワ大使であるタリーノを通じて伝えてあった。ヴィクトル・アマデウスもよく分かっていた。

「連隊も大きくなると大変だろう？」

ヴィクトル・アマデウスの方から切り出してくれた。

「そうなんだ。実はそのために来たんだ。物見遊山ではない。このままではとても連隊を維持できない。頼れるところはサヴォワしかない。それもおまえが頼りなんだ」

「いい話がある」

ヴィクトル・アマデウスは悪戯っぽい顔でオイゲンを見た。

「いい話だって、何だ？」

オイゲンは期待を浮かべた顔で見返した。

「ピエモンテに二つの修道院がある。収益はかなり良い。しかも安定している。それをおまえにやろうかと思っている」

「何？　おれにくれるって？」

「そうだ、受け取るか、それとも」

「いや、もらう、もらうさ、当たり前だ」

「これで財政状況は相当改善されるはずだ。あまり金のことで悩まなくても済むようになるだろう」

「いや、助かる、本当に助かる。恩に着る、感謝感激だ」

二人はパーティー会場を出て近くのバーでワイングラスを傾けた。

「ヴィクトル・アマデウスよ、もしおまえがいなかったら、おれは将軍にもなれず、この先もなかったろう。おまえがいてくれて本当に良かったよ」

「おまえはサヴォワ家の希望の星なんだ。みんなが期待している。それに、サヴォワ公国の命運がおまえの双肩にかかっていると言っても過言ではない。おれはそう思っている。だからだ。まあ、投資みたいなものだな。だから、お互い様なんだよ。感謝なんかする必要ないんだ」

オイゲンは彼の心遣いをありがたく思った。

「期待に応えられるよう努力する」

「ああ、頼むよ。でも、もっと気楽にやってくれ。イタリア式にな。美味いワインでも飲みながらな」

「分かった。それが良さそうだな」

二人はグラスを掲げて笑った。オイゲンはまだどこかあどけなさの残るヴィクトル・アマデウスの笑顔に国をしょって立つ男の気概を見た。

翌日、彼らは造船所にいた。オイゲンの希望だった。

「ヴェネツィアに来て造船所を見たいと言った人間は、おれの知る限りおまえが初めてだぞ。さらに、この後兵器廠も見て、模擬海戦も見学したいなんて、とても正気の沙汰とは思えないな」

「おれに言わせりゃあ、ヴェネツィアに来てそれを見なくてどうするってことよ。ヴェネツィア美人と遊ぶのも悪くないけど、優先順位が違う」

「だから、他の男どもはヴェネツィア美人と遊ぶのが第一順位なんだよ。おまえが変わってるんだ。自覚しろよな」

「分かった、自覚するよ。ピエモンテの修道院のために……」

「ははは、修道院の威力絶大だな」

ヴェネツィアに春風が吹き始めた頃、オイゲンはヴィクトル・アマデウスと別れてウィーンに戻った。ウィーンはまだ冬景色に包まれていた。

ウィーンにも春風が吹き始めた頃、バーデン辺境伯ルートヴィヒが一席設けてくれた。大きなレストランの奥まった個室だ。オイゲンの他にフランツ、ピーター、コメルシー、ヴォーデモンの顔があった。ピーターはマリアとイングランドへ行き、帰ってきたばかりだった。

「みんなの耳に入れておきたいことがある。いい話ではない」

ルートヴィヒが暗い表情で切り出した。

「バイエルン選帝侯が単独でペーターヴァルダインを攻めようとしている」

「単独ってどういうことだ？」

オイゲンが訝しげに尋ねた。

「おれもあまり人のことは言えないけど、あいつはお山の大将になりたいタイプなんだ。そしてロートリンゲン公との関係が良くない。それどころか、ますます悪くなっている。だからロートリンゲン公の皇帝軍とは離れて独自に動こうとしているわけだ」

ロートリンゲン公とバイエルン選帝侯との確執はオイゲンも薄々感じてはいた。

「理由は何だ？」

「恐らく個人的な感情のもつれだろうよ。だいたい、マクス・エマヌエルは自分の方が格上だと思っているからな。年ははるかに若いが、何しろ選帝侯だから、あいつは」

「皇帝は知っているのか」

「もちろん知っている。そして渋っている。まだ許可を出していない」

「許可が出たら、おれたちはどうなる？」

「マクス・エマヌエルはおれもおまえも連れていこうとするさ」

「勝算はあるのか」

「分からない」

「もしそれがバイエルン選帝侯の私的功名心のなせる技だとすれば、勝算はないな。無謀だ」

オイゲンの言葉にルートヴィヒも頷いた。

その一ヵ月後、皇帝はマクス・エマヌエルの執拗な要求に負けてついに許可を出した。従兄のルートヴィヒが言ったように、彼とオイゲンの連隊も同行を命じられた。

気ばかりはやるマクス・エマヌエルはろくな準備もせずに出発した。

ペーターヴァルダインは、ベオグラードからドナウ川を遡ることおよそ七十キロ、小なりとはいえ極めて堅固な城塞である。ただし、ここを落とせばベオグラードは近い。

マクス・エマヌエルの軍はペーターヴァルダインを包囲したものの、攻め手に欠いた。激しい砲撃を加えたが、敵の砲撃も強力だった。そして案の定糧秣が不足し始めた。現地調達ができなかったのだ。兵も馬も弱りだした。結局何もできずに、後方に待機するロートリンゲン公の皇帝軍に合流した。無駄な突撃を行わなかっただけでもましであった。

だがトルコ軍は密かにマクス・エマヌエルの部隊を追尾していた。そして援軍を得て八万に達した勢力で六万の皇帝軍に襲いかかった。皇帝軍は戦う間もなく退却を強いられ、百数十キロ北方、ドナウ右岸の都市モハーチに逃げ込んだ。トルコ軍はその南西三十キロほどの町ベルク・ハルサン（ナジハルサニ）に陣を張った。

マクス・エマヌエルの面目は丸潰れになり、彼とロートリンゲン公との関係は極端に悪化した。なお悪いことにバーデン辺境伯ルートヴィヒもなぜかロートリンゲン公を避け、マクス・エマヌエルの側についた。二名の副官が揃って司令官から離反したことになる。このままでは皇帝軍は自壊し、何一つ成果を上げられぬまま帰還する公算が強い、とオイゲンは思わざるを得なかった。

オイゲンは独自に密偵を放ち、さらに、コメルシー、フランツ、ピーターたち数名を連れて周辺の視察を繰り返した。

密偵が持ち帰った情報にオイゲンは満足した。トルコ軍は皇帝軍を撃退した戦果に歓喜し、連日酒盛りをしているという。敵は慢心している、緩んでいる。オイゲンはそこに勝機ありと見た。

彼はまた自ら馬を駆って視察した結果にも満足していた。北から南へと流れるドナウ川の右岸、すなわち西側は平坦な対岸と違って山がちであった。モハーチの北西には最高峰七百メートルほどの山塊があり、そこから大小の尾根がドナウ川に向かってのびていたし、平原には無数の丘が島のように浮かんでいた。その南、ベルク・ハルサンの北側は、標高三百メートル近い山嶺が東西に二十キロほど連なっていた。要するに連隊が姿を隠す場所はいくらでもあったのである。

ロートリンゲン公はオイゲンの献策を受け入れた。マクス・エマヌエルもルートヴィヒも異存はなかった。彼らも勝たねばならなかった。手ぶらでは帰れなかったのである。

一六八七年八月十二日、オイゲンの連隊とバーデン辺境伯の連隊の一部が夜陰に乗じて、ベルク・ハルサンから数キロ離れた、東西に長い丘の陰に身を潜めた。未明、皇帝軍が動いた。モハーチから南西に十数キロ移動して攻撃態勢を敷いた。トルコ軍がそれを見て動いた。オイゲンが予想したとおり、数に勝るトルコ軍は全軍を出動させた。敵も一気に決着をつけるつもりだ。

攻撃開始のラッパが鳴り響き、太鼓が連打された。鬨の声を上げながら両軍が迫る。そして激突した瞬間、オイゲン率いる連隊が丘の陰から躍り出た。もの凄い勢いでトルコ軍の左翼に突進していく。虚を突かれたトルコ軍は早くも隊形を崩し始める。さらに、オイゲンが予想したとおり、酒浸りのトルコ兵は持久力を欠き、急速に戦闘力を失い、バタバタと倒されていった。最後は逃げ遅れた多くのトルコ兵がドナウ川の支流に追い落とされて溺死した。

皇帝軍の圧勝であった。この勝利の持つ意味は決して小さくなかった。退却するトルコ軍に反乱が起こり、宰相スレイマン・パシャが処刑され、スルタン・メフメット四世の廃位に及んだ。オスマン帝国そのものに激震が走ったのである。結果としてトルコ軍は最終的にハンガリーから駆逐されたのであった。

「オイゲン、ちょっと付き合え」

ルートヴィヒが馬上で言った。

オイゲンも騎乗してルートヴィヒに並んだ。

「何ですか」

「おまえの耳にもすでに入っているかもしれないが、ロートリンゲン公は、この後トランシルヴァニア（ルーマニア）を攻めるつもりだ。だが、おれは、それにマクス・エマヌエルもだが、その必要はないと思っている。無駄なことだ。だから、おれとマクス・エマヌエルはこれで帰ることにした」

オイゲンはロートリンゲン公の意向は聞いていたが、副官二人が司令官に背いて帰還するとは夢にも思わなかった。

「本当に引き上げるんですか」

「ああ、そうだ。戦果はもう十分に上げた。それに、トランシルヴァニアなんかに行けば、いつウィーンに帰れるか分からんぞ。下手すれば年を越してしまうだろう。とんでもない話だ。まっぴらごめんだぜ。おまえも一緒に来ないか」

「いや、おれは残ります。あくまでも命令に従います」

「おまえはそういう奴だよな。まあ、仕方ない。じゃあ、ウィーンでまた会おう」

ルートヴィヒはそう言うと方向を転じて去っていった。

いずれ彼らとは距離を置くようになるだろうな、オイゲンは従兄の後ろ姿を見ながらそんな予感に囚われた。

オイゲン自身も、トランシルヴァニア攻略は気が進まなかった。秋になれば天候の悪化も懸念された。厳冬下のウィーン帰還は何としても避けたかった。しかし命令には逆らえない。

皇帝軍はティサ川の右岸に沿って北上した。百キロほど進んでから渡河して東に進路を取り、トランシルヴァニアに入った。トランシルヴァニアはトルコの支配下にあったが、これまで戦場になったことはなく、平和と豊かさを享受してきた。

トランシルヴァニアの統治者、アパフィ・ミハーイ一世は抵抗の意志をみじんも示さず、皇帝軍の要求をすべて呑んだ。ロートリンゲン公は軍勢を当地で冬営させることにし、彼自身と将校たちは年末にウィーンに戻った。

トランシルヴァニアへの進軍は、ただでさえ病気がちのロートリンゲン公の健康状態を悪化させた。翌年、彼は最高司令官職をバイエルン選帝侯マクス・エマヌエルに委ねた。因みにオイゲンは中将に、フランツ、ピーター、コメルシーは少佐に昇進した。

マクス・エマヌエルの攻撃目標は、今やトルコ軍の最前線基地となったベオグラードであった。一六八八年八月初旬、皇帝軍が接近するや、トルコ軍の大半は退却を開始し、トルコ系市民も家財をボートに積めるだけ積んでドナウ川を下っていったのである。残ったのは、一万二千の守備隊とセルビア人とユダヤ人の住民だけであった。

バイエルン選帝侯
マクス・エマヌエル

八月十七日に砲撃が開始された。連日の砲撃戦の末、ようやく城壁に二つの突破口が開かれた。九月六日午前九時、マクス・エマヌエルは全軍に突撃命令を下した。

オイゲンの連隊はトップを切って突破口の一つに突進した。外壁を突破し、広い空濠での白兵戦に突入する。皇帝軍歩兵が敵兵を圧倒する。

それは、この戦闘において初めて使用された銃剣（バヨネット）が予想外の威力を発揮したからであった。銃身に剣を取りつけただけであったが、これによって歩兵は剣や槍を持つ必要はなくなり、長くもなく短くもない、接近戦に最適な長さの、攻撃にも防御にも適した強力な武器を手にしたのである。

剣を振るいながら陣頭指揮していたオイゲンの右の膝上に敵の銃弾が命中した。危うく落馬を免れたが、痛みが激しくて体を動かせない。異変に気づいた部下が馬を寄せた。

「将軍、退避を！」

「大丈夫だ！」

「大丈夫ではありません。ここにいては危険です。退避します！」

二騎でオイゲンを挟んだまま戦場を脱し、後方の野戦病院へと導いた。オイゲンが両脇を抱えられて将校用テントに運び込まれると、頓狂な声が上がった。

「あれ、オイゲンじゃないか、どうしたんだ？」

「あれ、マクス・エマヌエルじゃないか、どうしたんだ？」

オイゲンも頓狂な声を返した。

「俺はな、運の悪いことに、顔に矢が当たっちまったんだ。頬骨のここんとこに深々と刺さりやがって、色男台無しだぜ」

彼は台の上に座って治療を受けていた。

「でも目じゃなくて良かったじゃないか」

オイゲンが痛みを堪えて言った。

「ああ、確かにな。目や鼻よりはずっといい」

と答えたマクス・エマヌエルは、隣の台に寝かされたオイゲンを見て顔をしかめた。

「膝をやられたのか。痛そうだな」

若い医師がオイゲンの傷を診察し始めた。

「いてて！」

オイゲンが悲鳴を上げた。

「おい、ドクターさんよ、ちゃんと治してやってくれよな。切断なんてことになったら、このおれがおまえを生かしちゃおかないからな、いいな！」

「ちゃんとやりますよ。膿まなきゃ大丈夫です」

オイゲンの傷を診ていた医師は自信ありげに答えた。

「おれも義足なんてことになったら、おまえを生かしちゃおかないからな。その汚い首をよく洗っておけよ」

オイゲンは冗談で言ったつもりだったが、医師は真に受けて、

「まいったなあ。とんでもないのが来ちゃったな」

と声に出さずにぼやいた。

治療を終えたマクス・エマヌエルは立ち上がった。

「また一仕事してくるからな、オイゲン、おまえはゆっくり休んでいろ」

騎乗したマクス・エマヌエルは数人の部下たちと一緒に戦場へ戻っていった。

その数時間後、敵は降伏した。トルコ軍の死傷者は五千を数えた。皇帝軍のそれは、士官二百名、兵二千弱であった。決して小さい損害ではなかった。フランツ、ピーター、コメルシーの三人も、数には入らないものの、負傷していた。不思議なことにヴォーデモンは無傷だった。

ベオグラードを占領できたことで、ハンガリーからトルコ軍を駆逐できた。同時にハンガリー反乱軍も制圧できた。ハンガリーにようやく平和が訪れるはずであった……。

九月十三日、バイエルン選帝侯はカプラーラ元帥に駐屯軍を委ねてウィーンに戻った。オイゲンも一緒だった。ただ脚の怪我は思ったよりも重くて、切断は免れたものの、なかなか回復しなかった。おまけに、トランシルヴァニア進軍の際に引いた悪性の風邪が原因で慢性化した気管支炎と鼻孔炎症に苦しめられた。嗅ぎタバコの常用もその症状の悪化に拍車をかけた。オイゲンは暗澹とした気分で秋と冬を過ごさねばならなかった。唯一の慰めは、友人たちが頻繁に見舞ってくれることだった。

ピーターとマリアは生まれたばかりのアーサー（ドイツ名アルトゥール）を抱いてきたし、フランツは新妻のルイーゼと一緒に来てくれた。ルイーゼは父親の同僚の娘で、フランツよりも五歳下、明るくて社交的、ぶっきらぼうなフランツにぴったりだった。コメルシーはたいていひとりで来て、口数も少なかったが、いてくれるだけで室内の空気が心地好くなるのだった。

十月三日、ルイ十四世は、宣戦布告することなく突然プファルツ選帝侯領に軍を侵攻させた。プファルツ戦争の勃発である。仏軍は各地を荒らし回り、ハイデルベルク城も焼き討ちされた。ルイ王の意図は、ベオグラードを奪取されたトルコを鼓舞すること、そして、一六八五年のナントの勅令廃止によって激怒し、フランスに反感を持つドイツ・プロテスタント諸侯を威嚇することにあった。前者は功を奏し、トルコはまたもやハンガリーに兵を進めたのである。だが、後者については逆効果であった。ドイツ諸侯の怒りはいや増し、対フランスで一致団結したのである。とりわけ、フランスを脱出したユグノー（フランス国内のプロテスタント）を多数受け入れたブランデンブルク選帝侯が戦列に加わったのは大きかった。

一六八九年五月、フランスに対抗するために皇帝レオポルトはオランダと同盟条約を結んだ。いわゆるアウクスブルク同盟である。間もなくスペイン、イングランド、主なドイツ諸侯の大半が加盟した。カトリックのバイエルン選帝侯国も入っていた。

バイエルン選帝侯の三万の軍勢がライン上流域へ、ロートリンゲン公の五万が中流域へ、そしてブランデンブルク選帝侯の四万がライン下流域に向かった。

オイゲンはバイエルン選帝侯軍に配属され、騎兵千六百と歩兵二千を率いてシュトルホーフェンに派遣された。近くには温泉保養地として有名なバーデン＝バーデンがあるが、そこもすでに仏軍によって大きな損害を被っていた。

敵軍は対岸のシュトラースブルク（ストラスブール）からライン川を渡ってドイツ領内に陣を張っていた。オイゲンの陣とは二十キロほどしか離れていない。

密偵のひとりが有力な情報をもたらした。敵軍が明日攻撃を敢行するというのだ。

オイゲンは敵の出鼻をくじくことにした。深夜に敵陣近くまで移動し、未明に敵が攻撃準備に取りかかったところを急襲した。虚を突かれた敵は這々の体で橋を渡ってシュトラースブルクへ退却していった。多大なダメージを負った敵はその後ライン川の向こうに留まったままになった。

七月下旬、部隊はライン中流域の都市マインツの奪還に赴いた。マインツは東から流れてきたマイン川がライン川に合流する地点にあって交通の要衝であるだけでなく、司教座が置かれた町としても重要であった。あるいは、グーテンベルクが活版印刷術を発明した町としても知られていた。

皇帝軍はフランス軍が占拠するマインツを包囲した。徹底した砲撃が加えられ、破れた城壁からの突入を繰り返す。

八月四日、連隊を率いて戦っているオイゲンの前頭部を敵弾が襲った。幸い銃弾は毛皮の帽子を貫通せず、大きな瘤を作っただけで済んだが、脳震盪を起こしたオイゲンは落馬して負傷した。これまた幸いなことに、骨折などの怪我はなく単なる打撲傷で済んだ。敵の抵抗は凄まじく、ようやく一ヵ月後の九月六日、三ヵ所からの突入が成功し、その二日後、仏軍はついに降伏した。その後、皇帝軍はカイザースラウテルンに次いでボンを奪還して有終の美を飾ったのであった。

ハンガリーでは、バーデン辺境伯が奮闘してトルコ領内部まで侵攻したが、結局二正面戦争の無理が祟ってベオグラードを奪回されてしまったのである。

冬期休業。

バーデン辺境伯ルートヴィヒは美人姉妹を紹介された。姉のアンナ・マリア・フランツィスカと妹のフランツィスカ・ジビラ・アウグスタである。父親のザクセン＝ラウエンブルク公ユーリウス・フランツが亡くなって、姉妹に莫大な資産が遺された。ルートヴィヒは妹の方を気に入って娶ることにした。彼は三十五歳、フランツィスカ・ジビラ・アウグスタは十五歳になったばかりである。そして姉をオイゲンに紹介することにした。オイゲンは二十六歳、彼女は十八歳である。

オイゲンは見合いなどまっぴらごめんだったし、女性と二人だけで話をするのは大の苦手だった。しかも、残った姉を自分に押しつけようというルートヴィヒの魂胆がまた面白くなかった。だが執拗な誘いに負けて、一六九〇年の春四月、一緒にボヘミアのラウトニッツへ行った。ラウトニッツはプラハ北方の小都市である。その城で見合いは行われた。

姉は、妹を選んでおいて、残った自分を部下に紹介するというので自尊心をいたく傷つけられて不愉快であった。オイゲンについては、貴族ではあるが直系ではなくて傍系であり、資産、領地、家臣はない、しかし軍人として傑出しており、将来極めて有望であると聞かされていた。「傑出した軍人」という言葉に惹かれて会ってみることにした。

ルートヴィヒの横に少年がいた。周りを見回したがそれらしき男はいない。近づいてよく見ると、少年ではなくて小さな大人だった。思い描いていた人物とは似ても似つかない。体は子供みたいで、自分よりも背が低い。顔は、何て言うか、変だった。服装も野暮ったく、嗅ぎタバコの嫌な匂いを発散していた。

相手は口下手なので、会話をリードしてほしいと頼まれていたのを思い出した姉は、気を取り直して訊いてみた。

「あなたもやっぱり、狩猟とか好きなの？」

「いや、別に……」

「あら、そう……」

「……」

「じゃあ、やっぱり音楽とか演劇かしら？」

「いや、別に……」

「あら、そう……」

「……」

「じゃあ、何が好きなの？」

「そうだな、やっぱり本かな……」

「本？　読書ね、読書は私も好きよ！　どんな本を読んでるの？」

彼女はやっと共通の話題ができたと思ってほっとした。

「いや、読むんではなくて、本を見たり触ったりするのが好きなんだ」

「はあ？　本を読むんではなくて、見たり触ったりするのが好きなの？」

「そう……」

彼女は、緑灰色の瞳をまん丸にしてオイゲンをまじまじと見つめた。

「この人、変なのは顔だけじゃないわ、頭も変だわ」

と思った途端、クラッと来てよろめいた。目眩に襲われたのだ。かくしてお見合いは終了した。オイゲンは、一分足らずの見合いにはるばるボヘミアまで足を運んだことを後悔した。アンナ・マリア・フランツィスカは、オイゲンの毒気に当てられたのか、お見合いには二の足を踏むようになってしまった。それでも、その年の秋に、プファルツ選帝侯の八男と結婚した。

その直後、四月十八日、冬の間に体調を崩して、リンツ西方の町ヴェルスで療養していたロートリンゲン公カールが没した。四十七歳であった。救国の英雄の死に帝国中が悲嘆に暮れた。オイゲンも師と仰いだ公爵の冥福を祈るよりなかった。

フランスはイタリアにも侵攻しようとしていた。矢面に立ったのは、フランスと国境を接するサヴォワであった。そのためサヴォワは一六九〇年六月二日にアウクスブルク同盟に加入した。海洋諸国家、即ちオランダとイングランドは財政援助を約束した。

オイゲンは騎兵団司令官としてイタリア防衛軍に参加した。しかし、北イタリアにおけるフランスとの戦争はぱっとしない小競り合いに終始し、だらだらと五年も続いた。その間、彼を絶えず悩ませたのは、皇帝レオポルトと彼の大臣たちだった。彼らの頭には軍資金という言葉がないようだった。金も送らず兵も送らない。わずかな手兵を引き連れてイタリアに到着したオイゲンは、「部隊なしでは、私は、ここでは何の役にも立たない」と嘆いている。もっとも、帝国は常に金欠で、ない袖は振れず、出そうにも出せなかったのだ。だがしかし、実際に戦争をしているオイゲンにしてみればたまったものではない。冬になるとアルプスを越えてウィーンに行き、皇帝に訴える。皇帝は約束する。だが守らない。オイゲンは従兄のルートヴィヒに胸中を吐露している。「(ウィーンでは)誰もただ食べ物と飲み物、ギャンブルのことしか考えておらず何も心配していない。(フランスの侵攻も)皇帝を一時間ほど憂慮させたが、しかし、幸せなことに、同日、神に感謝する巡行行列が行われると、皇帝はすべてを忘れ去った」と。

五年の間に愉快な出来事もあった。一六九一年のことである。敵将カティナはローヴェレ伯の守備するクーネオを包囲した。オイゲンは二千五百の軍勢を率いて救援に向かっていた。途中、ある村で休んでいたとき、彼に悪戯心が生じた。彼は隣のコメルシーにこう言った。

「カティナの奴をちょっとからかってやるか」

「からかう？　どうやって？」

「手紙を書くのさ」

オイゲンは紙片に何か書くと、農民に小銭を握らせて手紙をローヴェレ伯に届けるよう命じた。農民は案の定途中で捕まり、手紙はカティナの手に落ちた。仏語でこう書かれていた。

「騎兵五千と歩兵六千を率いて救援に向かっている」

実際の四倍である。カティナの兵力は五千でオイゲンの二倍、悠然と構えていたが、びっくり仰天、さっさと包囲を解いて着の身着のまま逃げ去った。

オイゲンたちが到着してみると、そこには大量の武器弾薬と物資が残されていたのであった。

「カティナの奴、案外純朴だったんだな。騙されやすいというか……。コメルシーよ、おまえも負けそうだな」

オイゲンは呆気にとられて言った。

「はあ？　何の話だ？　おれが負けるって？」

コメルシーは憮然とした顔を向けた。

「いや、いいんだ、何でもない。おまえは負けない。気にしないでくれ」

オイゲンは慌てて言い、続けて、口の中でつぶやいた。

「本当に冗談の通じない奴だ。困ったもんだな……」

膠着状態に変化の兆しはなかった。将も兵もだらだらと続く戦争にうんざりしていた。

サヴォワ公ヴィクトル・アマデウスは動いた。彼は極秘裏にルイ十四世と交渉し、中立の道を模索した。その若さに似合わず、トリノのフランス人大使が「彼の心臓は、自分の国土の山のように、石のようだ」と評したように、実にタフなネゴシエイターであった。オーストリア、スペイン、フランスという大国を相手に外交手腕を発揮して最大の利益を得た。一六九六年十月七日、オーストリア、スペイン、サヴォワ、フランスはイタリアに中立を保証する条約に調印したのであった。

オイゲンはこのイタリア戦争中に元帥に昇進したが、うれしくも何ともなかった。当時は元帥の大安売りで、二十人以上もの元帥がいたのである。

イタリア遠征は、オイゲンにしてみれば挫折以外の何物でもなかった。彼の部隊は、浮浪者同然の格好で、冬の気配を漂わせ始めたアルプスを越えなければならなかったのである。

一六九六年からハンガリー方面総司令官に任ぜられていたのはザクセン選帯侯フリードリヒ・アウグストである。選帝侯は二十代半ば、強健な体格で「アウグスト強健侯（王）」と呼ばれていた。腕力体力に秀でていただけでなく、精力絶倫で、彼が生ませた子供の数は三百六十人と言われた。首都ドレスデンを芸術の都へと育て、マイセン磁器を開発させたことでも知られるが、軍人としては凡庸であった。彼について、フランス出身の将軍ラビュタンが「名誉と長所を備えた選帝侯であるからといって、必ずしも司令官としての知性と資質を備えているわけではない」と芳しくない評価を下している。

幸いというか、ポーランド王ヤン・ソビエスキが死んで、ザクセン選帝侯が新たに王位に就いた。で、空位になったハンガリー方面総司令官にオイゲンが推挙されたのである。あの、ウィーン市防衛軍総司令官だったリューディガー・シュターレンベルクは皇帝にこう述べている。「私は、彼以上に理性、経験、勤勉、皇帝への奉仕の熱心さにおいて勝った人物を知りません。彼は太っ腹で、私欲がなく、彼ほど高く兵士を愛する軍人を知りません」と。

一六九七年七月二十七日、オイゲンはペーターヴァルダイン要塞に到着した。将兵たちが整列して新しい総司令官を出迎えた。

「兵員数を教えてくれ」

オイゲンは傍らの現地司令官に訊いた。

「三万一〇四二名です」

グイード・シュターレンベルクは答えた。彼はウィーン市防衛軍司令官だったリューディガー・シュターレンベルクの十九歳下の従弟である。三十九歳、三十三歳のオイゲンよりも六歳上だった。

「すると、おれは三万一〇四三番目の兵士だな」

グイードは驚いた。総司令官が一番最後の兵士とは！　そして感銘を受けた。

オイゲンはずいぶん前から将校服を着用せず、地味な褐色の服を身につけていた。まもなく兵士たちはそんな彼を親しみを込めて、「われらの小さなカプチン修道士」と呼ぶようになった。

八月初旬、スルタン・ムスタファ二世は十万の兵を率いてベオグラードを進発した。ペーターヴァルダインまでの距離は、ドナウ川に沿っておよそ七十キロ。

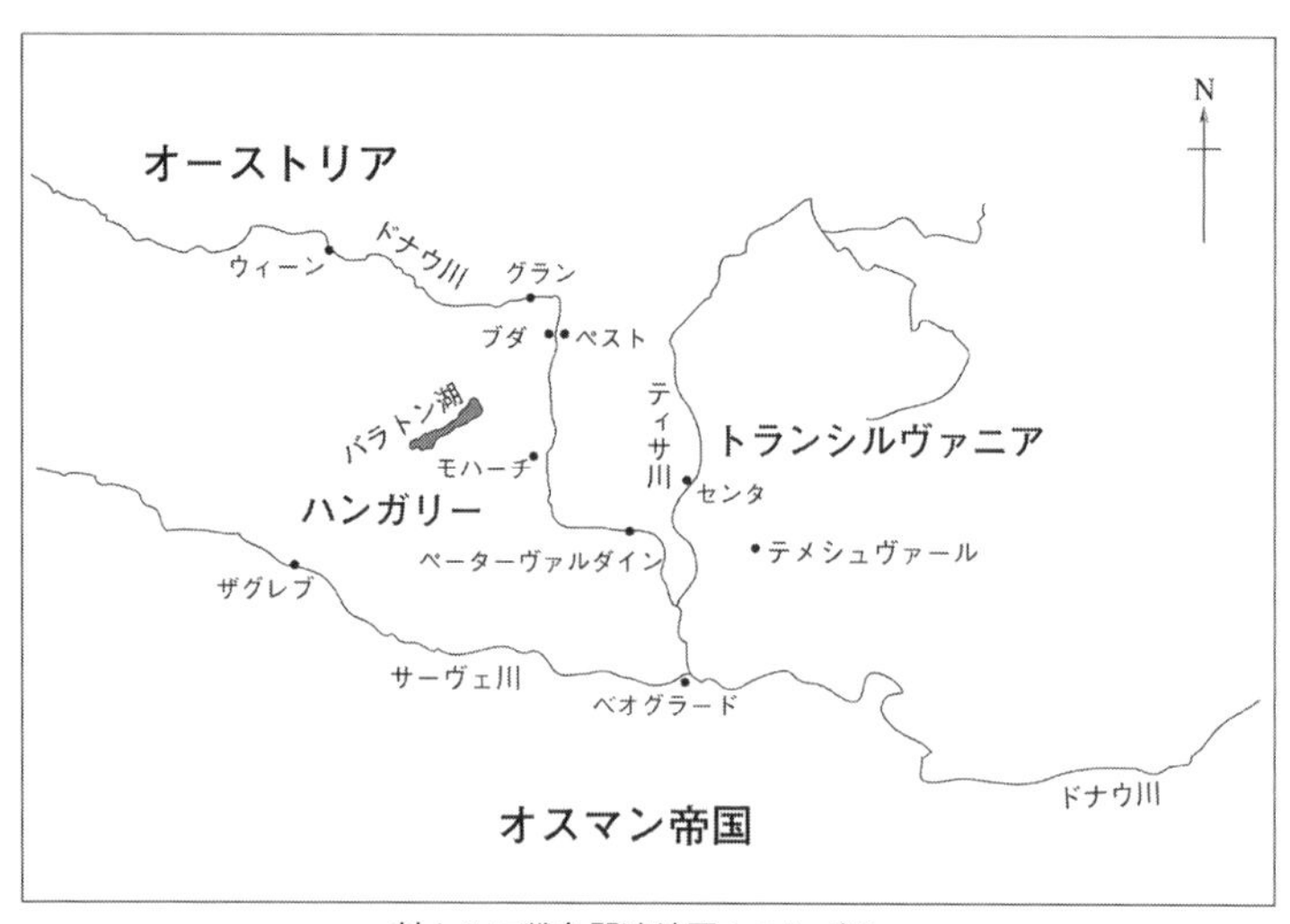

対トルコ戦争関連地図：ハンガリー

それを知ったオイゲンは、必要最小限の守備隊員を残してペーターヴァルダインを離れ、ティサ川に沿って北上した。それを聞いたムスタファ二世は、あのオイゲンも逃げたか、と上機嫌だった。

ティサ川はドナウ川最大の支流で、北部ハンガリーのトカイ地方から南へ流れ下り、ペーターヴァルダインとベオグラードの間でドナウに合流する。

「オイゲン、逃げるつもりか」

馬上のコメルシーが憮然とした表情で訊いた。彼は、当然オイゲンがトルコ軍を迎え撃つと思っていたのだ。

「そう思うか」

逆にそう問われたコメルシーはしばらく考えてから、

「いや、思わない」

と答えた。

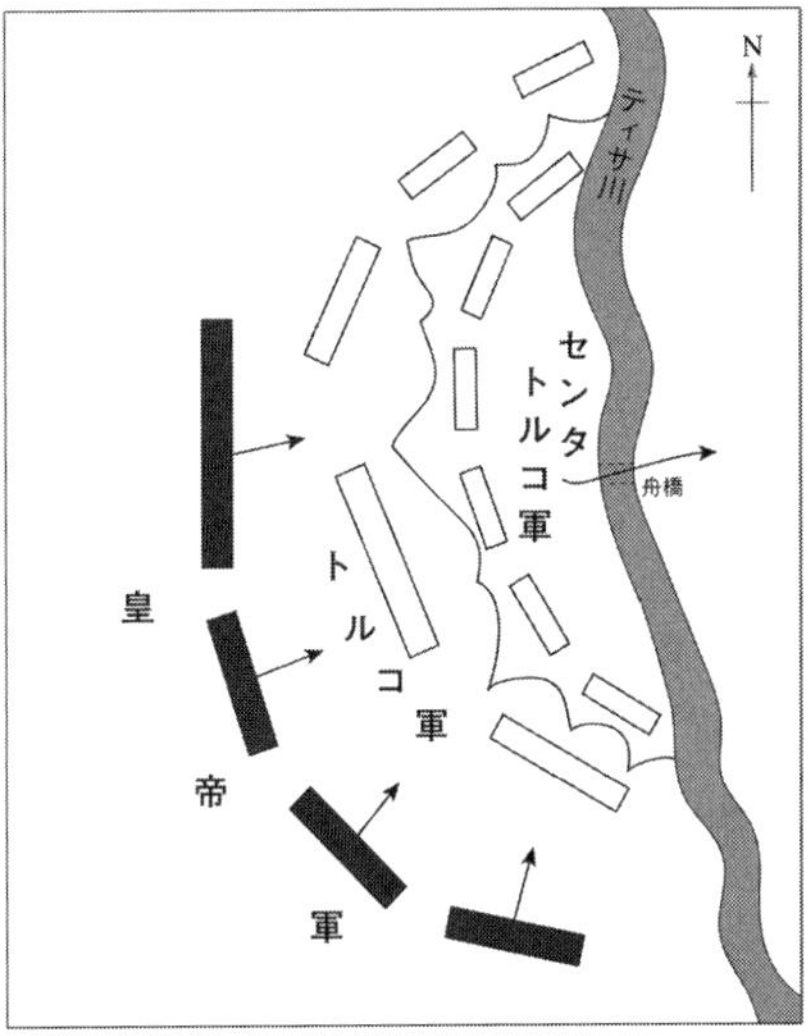

センタの戦い

「分かっているじゃないか。なら訊くな」

　オイゲンは笑顔をコメルシーに向けた。

　センタの町の近くまで来ると、オイゲンは部隊を止めた。しばらくして、北方のハンガリー反乱軍を鎮圧したヴォーデモンの部隊が到着した。ヴォーデモンは二十七歳になっていた。皇帝軍に身を投じてから十三年の歳月が流れていた。身長もぐっと伸び、いかにも戦場で鍛え上げた屈強な体になっていた。紛れもなく歴戦の強者であった。続いてトランシルヴァニアから引き上げてきたラビュタンの部隊が合流した。そこにはフランツとピーターの日焼けした顔もあった。これで兵力は五万になった。

　オイゲンは来た道を引き返した。この往復の二週間で兵たちの肉体と根性を叩き直した。

　トルコ軍はペーターヴァルダインの要塞を包囲していた。オイゲンは部隊を要塞とトルコ軍の間に割り込ませた。馬上のオイゲンを先頭に、部隊は強固な戦列を組み、脇目も振らずにトルコ軍の前を進行した。トルコ軍の将兵は呆気に取られた。逃げていったはずの皇帝軍がまた戻ってきた。しかも攻撃してくるわけでもなく、ただ行進していく。誰もがおのが目を疑った。ムスタファ二世は、目の前を行く皇帝軍にただならぬ戦意を感じ取っていた。「来るなら来い、いくらでも相手するぞ！」という声が聞こえてくるようであった。だが、もしこのとき、トルコ側が攻撃をしかけていたら、結果は違っていたかもしれない。しかしムスタファ二世の足はすくんでいた。

皇帝軍と入れ替わるようにトルコ軍はペーターヴァルダインを去っていった。ムスタファ二世はオイゲンの軍との正面衝突を避け、トランシルヴァニアで軍税を徴収し奴隷を確保して引き上げる作戦に変更した。

オイゲンは輜重隊の到着を待って一日遅れで追撃を開始した。軍事参議会がオイゲンに与えた任務はペーターヴァルダインの防衛であった。皇帝からも「大きな成功が確実視されるとき以外は敵と交戦するな」との訓令を受けていた。しかしオイゲンは、トルコ軍を叩き潰すチャンスと見た。

オイゲンは情報の重要性を認識していた。そのため、優れた騎馬偵察隊を養成していた。九月十一日早朝、その偵察隊員が意外な情報をもたらした。

敵は早くもセンタでティサ川を渡河する準備に入った。数十隻の舟で仮橋を作り始めた。敵兵の半数が新米の徴募兵で使い物にならない等々。

渡河されてはまずい。オイゲンは急いだ。騎兵を先発させ、続いて歩兵を走らせた。

センタはティサ川の右岸、即ち西側にある。オイゲンが町の西方にある高地に達したとき、すでに敵は渡河を開始していた。だが大半はまだこちら側で待機していた。日没まで四時間。歩兵隊の到着を待ってトルコ軍を包囲した。歩兵は十時間の行軍に耐えた。汗と土埃で顔は汚れ頬はこけていたが、両の目は異様な光を放って闘志をみなぎらせていた。日没まで二時間を残すのみ。オイゲンは攻撃開始を命じた。

砲撃と銃撃の後、全軍が突撃に移った。町の少し上流に砂州と浅瀬があるのを見て取ったオイゲンは、左翼のヴォーデモンの部隊に渡河して敵の背後を突くよう命じた。

その日、その時、センタで行われたのは戦闘にあらず、殺戮であった。戦意を失い逃げ惑うトルコ兵は次々に殺されていった。トルコ兵二万人が殺され、一万人が溺死させられた。一方オイゲンが失ったのはわずかに四百名であった。

スルタンとその残存部隊はテメシュヴァール（トランシルヴァニアのティミショアラ）へと逃げ去った。百門の砲、大金の詰まった軍事金庫、一万台に近い軍事行李運搬車、六千頭の駱駝、一万五千頭の牛などが残されていた。

センタにおける皇帝軍の勝利は決定的な意味を持った。オスマン帝国の皇帝もスルタンも平和を欲することを余儀なくされたのである。海上諸国家（イングランドとオランダ）の仲介により、トルコとの交渉が開始され、一六九九年一月二十六日、カルロヴィッツ（カルロヴチ）条約が調印された。トルコはハンガリーから完全に排除された。その最前線基地はベオグラードとテメシュヴァールになった。二十年前はウィーンからわずか百キロであったのが、今では五百キロに拡大したのである。

オイゲンの名はヨーロッパ中に知れ渡った。彼は今や「ヨーロッパの英雄」であり「キリスト教の戦士」であった。記念メダルが製造販売され、数多の印刷物が飛ぶように売れたのである。

第五章　スペイン継承戦争勃発

帝室軍事参議会議長オイゲン公子

オイゲン公子の邸宅

センタにおける勝利から九日後の一六九七年九月二十日、海上諸国家とスペインがフランスとの平和条約に調印した。いわゆるライスワイク条約である。これで九年に及んだプファルツ戦争に終止符が打たれた。もっとも皇帝レオポルトはセンタの勝利に勢いを得て戦争の続行を志向し、調印を引き延ばしていた。

いずれにしろ、対フランス及び対トルコ戦争が終わり、ヨーロッパに平和が訪れた。平和の訪れと同時にウィーンは建築ブームに沸いた。城壁内部では裕福な貴族たちが宮殿や邸宅を競って建てた。さらに城壁外部にも夏用の宮殿を建て、それを中心に市街地が広がっていった。当然人口も増加し、十万に達していた。

オイゲンもまた、それなりの邸宅を建てた。一六九四年にシュテファン大聖堂に近いヒンメルプフォルト通りに一軒の家屋を購入し、そこを更地にして窓が七つある住居を建てることにした。バル通りのアンブロージ家の住まいから徒歩で三分の場所だった。完成したのはセンタから凱旋した翌年の一六九八年春のことである。三十五歳にしてやっと居候生活から脱却できたのである。

新築祝いのパーティーには大勢の客が訪れた。ピーターとマリア、フランツとルイーゼの姿も当然見られた。ピーター夫妻には三人の子供が、フランツ夫妻には二人の子供ができていた。コメルシーはオイゲン同様相変わらず独身だった。

初夏のさわやかな昼下がり、オイゲンは自宅でコメルシーとともにピーターとフランツが来るのを待っていた。四人でカードに興じようというのである。コメルシーはいつもながら口数も少なく静かだった。そんな彼を見ていると、オイゲンはなぜか冬のハエを連想するのだった。

だが、たまに冬のハエが猛犬に変身することがある。イタリアでフランス軍と戦っていたとき、サヴォワ公国のヴィクトル・アマデウスが密かにルイ十四世と交渉していると聞かされたコメルシーは烈火のごとく怒った。

「とんでもない裏切り行為だ。絶対に許せない。これから決闘を申し込む。切り刻んでぶっ殺してやる」

コメルシーは美しい白い顔を真っ赤にして息巻き、周囲を啞然とさせた。

「おまえの言うとおりだ。歴とした裏切りだ。おれもぶっ殺してやりたいと思うよ。しかし、ヴィクトル・アマデウスもあの若さで苦労しているんだ。あいつの身にもなってやれ。ここはおれに任せろ」

オイゲンはコメルシーを宥めるのに必死だった。

さて、四人が揃ってゲームが始まった。コメルシーの調子が良く、オイゲンは低調だった。そしてコメルシーがすばらしい手で上がったとき、オイゲンはうっかり口を滑らせてしまった。

「コメルシーよ、おまえイカサマでもやってるんじゃないのか」

「何！　おれがイカサマをやってるって？　何てこと言うんだ。証拠でもあるのか」

コメルシーは例によってその美しい白い顔を真っ赤にして怒った。

「冗談だよ、決まってるじゃないか」

「たとえ冗談でも言っていいことと悪いことがあるぞ。面白くない、もう止めだ。みんな帰ってくれ！」

「ええ！　帰ってくれって？」

「そうだ、すぐ出ていってくれ！」

コメルシーを除く三人は顔を見合わせた。そして堪えきれずに吹き出した。

「何が可笑しいんだ。おれを嘲笑するつもりか」

「いや、とんでもない。するわけないだろ。でも、ここ、おれんちなんだよね」

「あ！」

コメルシーは天を仰ぎ、周囲を見回した。

「そうだった。うっかりしてた。興奮しすぎたようだ。申し訳ない……」

「いや、いいさ、よくあることだから。気にするな」

オイゲンはコメルシーを慰めた。

「ちょっと休憩してコーヒーでも飲みに行かないか」

フランツが提案した。

四人はケルントナー通りに出ると、近くのカフェに入った。

肩を落としてコーヒーをすすっているコメルシーの姿は、オイゲンにはなぜか、コーヒーカップの縁にとまっている冬のハエに思えて仕方なかった。

平穏な月日も三年で終わった。

一七〇〇年十一月一日、ハプスブルク家のスペイン王カルロス二世が死んだ。遺言書には、スペイン本国とスペイン領のすべてをルイ十四世の孫アンジューに遺すと書かれていた。スペイン領とは、ミラノ、ナポリ、シチリア、サルデーニャ等のイタリアの諸都市、ベルギー、そして東・西インド諸島である。アンジューはヴェルサイユ宮殿で即位し、十二月四日マドリードに向かった。イングランドとオランダ、イタリアの諸都市、サヴォワ公国がこれを承認し、さらにバイエルン選帝侯国もフランス側に寝返った。マクス・エマヌエルはルイ十四世と密約を結んだ。レオポルト一世を打ち負かしてバイエルンのヴィッテルスバッハ家がハプスブルク家に取って代わる。そしてマクス・エマヌエルはルイ十四世の皇帝選出に尽力するというのである。バイエルンのような大きな選帝侯国が皇帝を裏切ったのだ。レオポルト一世は外交戦でルイ十四世に完敗したのである。

重要なのは北イタリアであった。皇帝は、軍事参議会に対策を講じるよう命じた。頼りになるのはオイゲンしかいなかった。翌年、彼は三万人の部隊を率いてイタリアへ進軍することになった。

一七〇一年五月、皇帝軍はイタリアに向けて進発した。ドイツからイタリアに行くには、（オーストリアの）インスブルックからブレンナー峠を越えてボーツェン（ボルツァーノ）に抜け、さらに山中の道をたどってガルダ湖近くでヴェローナに出るというルートが一般的である。皇帝軍もその道を選択した。だが、そのルートは当然、他のすべてのルート同様フランス軍及びスペイン軍、サヴォワ軍によって封鎖されていた。狭い峠で守りを固められたら、大軍をもってしても突破するのは難しい。フランス軍の総司令官は、かつてオイゲンの偽手紙にまんまと引っかかったカティナ元帥である。彼はこううそぶいていた。

「皇帝軍がイタリアに入るのは、翼でも生えなければ絶対に不可能だ」

カティナは自信満々、悠然と構えていた。

皇帝軍はロヴェレートまで来た。偵察隊の報告では、やはり峠の守りは強固で破るのは困難であるという。オイゲンは左に分かれる細道を偵察させた。途中で行き止まりになっているという。オイゲンは自らそこへ足を運んだ。じっと道の先をにらんでいた彼は、ふいにこう言った。

「ここに道を作る」

「はあ？　今何と言った？」

コメルシーが頓狂な声を上げた。

「ここに道を作る、と言った」

「そんな馬鹿な！」

「ははは、あいつもそう言うだろうよ」

「あいつ？　誰だ？」

「あの臆病者のご老体だよ」

「さっぱり分からん」

「敵将のカティナさ」

「ああ、なるほど……。そりゃあ言うだろうよ」

翌日、オイゲンは工兵隊長と現地の地理に詳しい人間を調査に行かせた。

夕暮れ間近になって、疲労困憊の体で戻ってきた工兵隊長が報告する。

「道は何とか作れるでしょう。しかし、残念ながら崖が行く手を阻んでいます」

「その下はどうなってる？　道はあるのか」

「はい、あります」

「崖の高さはどれくらいだ？」

「十メートル以上はあるでしょう」

オイゲンはヴェネツィアの造船所で滑車を使って作業しているのを見たことがあった。それを思い出した。

「大して高くないな。滑車を使おう」

「滑車を？　なるほど、それならうまくいきそうですな」

工兵隊長が手を打って答えた。

「早速用意してくれ。それと、人夫をできるだけ多く集めてくれ。何百人でもかまわない。多いほどいい」

「さすがオイゲンだな。おれたちとは考えることが違うな」

グイード・シュターレンベルクはコメルシーに言った。

「ところで、カッシャって何だよ？」

コメルシーは小声で訊いた。

おまえ、滑車も知らないのか、などと言ったら、コメルシーを怒らせかねない。そこでグイードは、

「いや、実はおれもよく知らないんだけどな」

と前置きしてから、簡単に説明した。

コメルシーは黙って聞いていたが、ちゃんと理解できたのかどうか、その表情からは窺い知

オイゲン軍の山越え

れなかった。

五月下旬、六百人の人夫が集合した。高賃金を約束された彼らは、スコップやツルハシを力強く振るって道を切り開いていった。崖に出た。最後の難関である。太くて長い丸太の先に滑車を取りつけたクレーンを複数設置し、人や荷、馬や牛を下ろしていった。大砲や荷車は分解して下ろした。こうして六月初旬、皇帝軍はヴェローナとヴィチェンツァの間でロンバルディア平野に降り立ったのである。目指すはミラノ、そしてトリノである。皇帝軍は西進を開始した。

皇帝軍イタリアに現る――急報はヨーロッパ中を驚かせた。人々はハンニバルのアルプス越えに比肩するとして讃え、そのシーンを描いた銅版画が早速出版されたほどだった。「今まで道もないような、誰も車を通せるとは思いもよらないような、危険で切り立った山々を、大砲を引き軍隊を連れて越えることができた、というのは驚くべきことでした」とオイゲンはウィーンのレオポルトに書き送った。

「そんな馬鹿な！」

カティナは驚愕に震えた。あの偽手紙にだまされた時と同じように逃げ出したくなった。何とか堪えて逃げ出しはしなかったが、狼狽した彼はまともな作戦を立てられなくなった。敗戦と退却を重ね、七月九日、カルピで大敗を喫した。

ルイ十四世は激怒した。カティナを罷免し、代わりに大公ヴィルロワを任命した。ヴィルロワはルイ王と若い時から親しく、またオイゲンの父親とも親交を結び、オイゲンが幼い頃ソワソン邸をたびたび訪れていた。

八月末、そのヴィルロワが大軍を率いて北イタリアに到着した。

皇帝軍はキアーリの要塞に陣取っていた。オイゲンは、数で圧倒的に勝る敵を前にして臆するどころか、決着をつける好機と捉えた。幸い、要塞は三方を河川に守られていたので、騎兵に襲撃される可能性は低く、歩兵による正面攻撃が考えられた。

九月一日、ヴィルロワは、オイゲンの予想どおり、歩兵による突撃を敢行しようとした。カティナは、オイゲンは一筋縄ではいかない、もっと慎重になるべきだと警告した。

「国王陛下は望遠鏡で敵を眺めるために、これほど多数の勇敢な人間を送られたのではない。オイゲンの部隊を叩きのめすためだ」

ヴィルロワはカティナの警告を一蹴し、歩兵部隊に突撃を命じた。

オイゲンの部隊は浅く掘った塹壕に身を隠して敵の接近を待った。オイゲンはなかなか銃撃の命令を下さなかった。そして敵兵がすぐ目の前に迫った瞬間に、

「撃て！」

と叫んだ。

一斉射撃の連射によってフランス兵がバタバタと倒れていった。さらに榴弾砲が襲いかかった。

敵はたまらず敗走した。

「何だかあっけなかったな」

逃げ去る敵兵を眺めながらオイゲンは傍らのコメルシーに言った。

「弱すぎるな。相手にならん。まあ、おまえの作戦も良かったけどな」

コメルシーはオイゲンに笑顔を向けた。

「ヴィルロワは、おれが子供の頃よくうちに来たんだよ。優しくていい小父さんだった。まさか、ここで戦うことになるとは夢にも思わなかったな」

「ああいう単純な人間は、また同じように兵を繰り出してくるんじゃないか」

「多分そうだろう。で、どうする？」

「横から挟み撃ちかな」

「ああ、それが良さそうだな」

案の定ヴィルロワは大部隊を送り出してきた。待機していたフランツ率いる騎兵と歩兵合わせて二千が右翼から、ピーター率いる同じく二千が左翼からフランス軍を挟撃した。さらに一万の歩兵が正面からの攻撃を開始した。フランス軍は大混乱の末に潰走した。フランス軍の死傷者、士官三百、兵三千、捕虜多数、皇帝軍の死者七十、負傷者八十、皇帝軍の圧勝であった。

ヴィルロワは激しく落ち込んでしまった。カティナは負傷していたが、腑抜け同然の大公に代わって退却の指揮を執った。オイゲンはフランス軍を追ったが、敵の逃げ込んだ陣地が地形上はるかに相手に有利だったために攻撃を控えた。敵にも攻撃に出るだけの戦意は残っていなかった。

こうして両軍は二キロ足らずの距離を置いて睨み合うことになった。

そのまま二ヵ月が経ち、冬が近づいた。冬期宿営の準備をしなければならなくなった。フランス軍はミラノに去り、皇帝軍はマントヴァ公国を占拠して冬営地とした。

皇帝軍の大勝はヨーロッパの状勢に激震を与えた。イングランドとオランダ、ブランデンブルク選帝侯国、さらにデンマークもが帝国と同盟を結んだのである。

ウィーンにも変化があった。軍事参議会の副議長カプラーラと議長のリューディガー・シュターレンベルクが相次いで病没したのである。ここでもレオポルトは無能ぶりを発揮して、ハインリヒ・フランツ・フォン・マンスフェルト伯を議長に任命した。マンスフェルトは軍歴のない宮廷人で、軍隊や戦争の何たるかを全く理解していなかった。軍事的には無知蒙昧の輩であった。レオポルトはますます宗教にのめり込んでいき、奇跡を待望し、皇帝軍が勝利すれば、自分の祈りが神に通じたと思う有り様だった。

マンスフェルトからはわずかな金しか送られてこなかった。彼の頭を占めていたのは自らの地位の保全と政敵の追い出しであった。遠いイタリアにいる軍隊は彼の視野の外にあった。レオポルトも同様であり、オイゲンの度重なる催促でわずかな金を送ってくるだけだった。オイゲンは占拠したマントヴァで軍税を課して金を集めるしか自軍を養う方法はなかったのである。

ミラノにおけるフランス軍の評判は散々であった。多額の軍税を課せられた市民や農民の反発は激しく、彼らとの紛争も絶えなかった。そこでヴィルロワは主力をクレモナに移した。クレモナはミラノよりもはるかにマントヴァに近かった。

一七〇二年一月下旬、興味深い情報がオイゲンの偵察網に引っかかった。クレモナ在住のある司祭が、干上がった下水路が自宅の地下室に通じている、しかもフランス軍には知られていないと偵察隊員に知らせた。オイゲンは早速、一般市民に変装した偵察隊員たちをその下水路から市内に潜り込ませ、状況を探らせた。

「下水路は通れます。問題ありません。ヴィルロワや将校たちの居所も突き止めました。市門を開くのも容易です」

偵察隊員の報告はオイゲンを決断させた。

真冬を迎えて皇帝軍は苦境に陥っていた。徹底的に食糧が足りなかった。オイゲン自身の給料や蓄えを投入しても焼け石に水だった。このままでは春まで生き延びられるかどうかはなはだ疑問だった。クレモナを襲い占拠する——そこに活路を見いだすよりなかった。

二月一日未明、オイゲンは動いた。先発隊を下水路から侵入させ、市門を開かせた。ヴィルロワを含め、将校たちは寝込みを襲われて捕らえられた。兵士たちも次々に倒されていったが、アイルランド部隊が激しく抗戦し、他のフランス兵も体勢を立て直して激烈な市街戦になった。午後五時、戦闘開始から十一時間後、夕暮れの訪れと同時にオイゲンは退却を命じた。皇帝軍の死傷者八百、フランス軍の死傷者一千二百。オイゲンにとっては、所期の目的を達成することができなかっただけに、敗北に等しい結果となった。フランス軍は、実際の被害もさることながら、精神的なダメージが甚大で、クレモナから撤退していった。

クレモナ奇襲はヨーロッパ中にセンセーショナルに伝えられた。とりわけ、司令官ヴィルロワの虜囚は格好の話題を提供した。そのヴィルロワはといえば、オーストリア南部の都市グラーツの捕虜収容所で快適な生活を送っていたのだ。

ヴィルロワの代わりに任命されたのは、ヴァンドーム公ルイ・ジョゼフ・ド・ブルボンであった。彼はオイゲンの母の姉の息子、つまり従兄である。オイゲンよりも九歳上で、四十七歳だった。その彼が二月十八日にミラノに到着したとき、フランス・スペイン・サヴォワの連合軍は八万に達していた。一方、オイゲンの兵力は三万にすぎなかった。

マントヴァから南に二十キロほど、ポー川の右岸（東側）にルッザーラという小都市がある。その町外れ、ポー川に注ぐ流れのほとり、大きなしだれ柳の木陰でオイゲンたちはテーブルを囲んでワインをすすっていた。マントヴァ地方のすっきりした味わいの赤だ。八月初旬の午後、イタリアの夏は暑いが、川面を渡る風が心地好かった。オイゲンの他には、コメルシー、グイード・シュターレンベルク、ヴォーデモン、ピーター、フランツの姿があった。ピーターとフランツは今や大佐で、一連隊（約二千名）の指揮官であった。

「イングランドがフランスに戦争を吹っかけてくれたのはありがたいけど、おれたちはこのままだと朽ち果てそうだな」

オイゲンが周りを見回した。

「ウィーンはおれたちを見殺しにするつもりだろう」

コメルシーが苦々しそうに言った。

「レオポルトにマンスフェルトじゃ、おれたちどころかオーストリアが消えてなくなるだろうよ」

ヴォーデモンが口をゆがめた。

「これでも、おれたち、神聖ローマ帝国の軍人なんだからな、笑っちゃうぜ。なあ、そうだろう？」

グイードが同意を求めるように皆の顔を見た。

「トルコに攻められ、フランスに攻められだからな。金もないのによくやっているよ。みんなオイゲンさまのおかげなのにな、ウィーンのくそったれどもはオイゲンの悪口しか言わない。本当の敵はそのくそったれどもじゃないのか。あいつら全員ぶっ殺してやりたいよな」

ヴォーデモンが拳でテーブルを叩いた。

「おれはオイゲンが軍事参議会の議長になればいいと思うけど、そうするとオイゲンが現場にいなくなるから困るんだよな。オイゲンが二人いればなあ……」

グイードが右手の親指と人差し指を立てて二の形を作って言った。

「ところで、スペイン王アンジューがこっちに来たんだろう。何か動きがあるんじゃないか。攻めてくるとかさ。オイゲンよ、どう思う？」

フランツが口を開いた。

「ああ、確かに。ヴァンドームの奴、いいところを見せようとするかもしれないな。あるいはアンジューがけしかけるか」

オイゲンが思案顔で答えた。

「連中は人数も多いし、金もあるし、食う物も食ってる。こっちは兵も減ってしまったし、病人も多いし、栄養不良で体は動かないときてる、勝ち目ないよな」

ヴォーデモンが嘆いた。

「どっちにしろ、おれは座して死を待つのはまっぴらごめんだ！」

コメルシーは小声だが、強い口調で言った。

「おれもそうだな。このままだらだらいくのは嫌だな。ここらで決着をつけたいね」

ピーターが同意した。

「先手を取ってこっちから攻めるか？」

フランツがオイゲンの顔を見た。

「そうだな、やるか……。いや、奴らに先に手を出させよう」

オイゲンが何か思いついたように言った。

「奴らに先に手を出させる？　どうやって？　で、その後はどうするんだ？」

コメルシーが不思議そうな顔をした。

「ルッザーラに少数の守備隊を残して、残りはここから退く。退却ではない。近隣に散開して身を隠す。敵はおれたちが逃げたと思い、手薄になったルッザーラを攻め落とそうとするだろう。

その背後をわれわれが襲う。まあ、ちょっとした挟み撃ちだな。おれの得意技だけど、どうかな？」

オイゲンは意見を求めるように見回した。

「なるほどね。オイゲンらしいな。よくそんなこと思いつくよな。人が悪いというか何というか」

グイードが言うと、どっと笑い声が上がった。

「まあ、そう簡単に奴らが引っかかるかどうか分からないけどな。やってみるか……」

オイゲンはそう言ってグラスに手を伸ばした。

「じゃあ、作戦の成功のために乾杯しよう」

グイードが言い、瓶をつかんで空いているグラスにワインを注いでいった。

「乾杯！」

全員がグラスを掲げた。

作戦どおり千名の守備隊を残して、皇帝軍はルッザーラを去った。

ルッザーラにわずかな守備隊を残して皇帝軍が退却したという噂はすぐに敵側に伝わった。即座にヴァンドームは反応した。ルッザーラを落とし、さらに皇帝軍を追撃すべく始動した。

クレモナを進発したフランス軍は八月十四日夕刻、ルッザーラに到着した。翌朝、ルッザーラを包囲したフランス軍は皇帝軍守備隊に投降を勧告したが、砲撃で返されたため、攻撃を開始した。激しい砲撃戦が展開された。

その約一時間後、夜間に戦闘隊形を組んで待機していた皇帝軍主力が急接近してフランス軍の背後から攻撃を開始した。砲撃と銃撃である。敵味方が五十メートルの距離で銃を撃ち合う。その頭上を砲弾が飛び交う。これまで誰もが経験したことのない激烈な砲撃・銃撃戦になった。

「コメルシー少将が倒れました！」

伝令兵が下馬するや大声で報告した。

「何？　コメルシーが倒れた？　どういうことだ？」

オイゲンは伝令兵に詰め寄った。

「銃弾が喉に当たりました」

「何、銃弾が？　喉に？　案内しろ！」

オイゲンは騎乗すると伝令兵の後を追った。

倒れたコメルシーの傍らに衛生兵がいる。

「どうだ？　大丈夫か？」

オイゲンが駆け寄る。

衛生兵が首を振る。

コメルシーの喉が血に染まっていた。オイゲンはコメルシーの頭を抱きかかえて名を呼んだ。答えはない。オイゲンは泣きながら大声でコメルシー、コメルシーと叫び続けた。コメルシーは死んだ。オイゲンは無二の親友を失った。憐れな憐れな、愛しい愛しい冬のハエを失ってしまったのだ。

砲撃・銃撃戦は午後になっても続いた。ようやく敵右翼の勢いが弱まったのを見たオイゲンは、左翼のグイードに突撃を命じた。こうして白兵戦が始まった。皇帝軍守備隊も城外に出て戦闘に加わった。夕闇が迫ってやっと戦闘に終止符が打たれた。フランス軍はポー川の向こうに引き上げていった。

フランス軍三万のうち死傷者五千、皇帝軍二万のうち死傷者二千五百。皇帝軍の辛勝であった。フランス軍はその後動きを見せず、皇帝軍も力尽きていた。睨み合いが続いた。

オイゲンは皇帝に苦境を訴えた。

「今は十一月ですが、われわれの部隊は、この夏は言うまでもなく、前年の冬の給与さえまだ受け取っていません。兵は逃亡し、馬は倒れ、医師はおらず薬もなく、負傷者も病人も治療できません。このままでは部隊は消滅してしまうでしょう。緊急に資金を必要としています」

返事は来なかった。オイゲンはウィーンに行くことにした。

冬営地をモデナとミランドラに移し、指揮をグイードに委ねたオイゲンは、十二月二十八日、馬車でウィーンに向かった。ヴェネツィア、ウディーネ、そしてオーストリアに入ってフィラハ、クラーゲンフルト、グラーツを経由して一月八日夜、ウィーンに着いた。気管支炎を発症して嫌な咳が出始めていた。

オイゲンは数日後にやっと皇帝レオポルトとの会見に臨むことができた。

「このところずっと体調が悪くてな、返事も書けなかったのだ」

皇帝レオポルトは言い訳から始めた。

確かに、どこか具合が悪いのではないかと思われるほど顔色が優れなかった。

「手紙にも書きましたが、もはや軍は維持できません。金がないのであれば戦争は止めるべきです。イタリアからもドイツからも引き上げるべきでしょう」

「分かっておる。今、マンスフェルトとザーラブルクが銀行と交渉している。春には良い知らせを届けられるだろう」

ザーラブルクというのは帝室財務府長官で、マンスフェルトと同じく無気力で無能であり、オイゲンは彼らを「二人のロバ」と呼んでいた。

オイゲンは皇帝の言葉を全く信用していなかった。レオポルトの顔には、もうこれで十分だ、おまえとは話したくないという思いが滲み出ていた。

マンスフェルトはオイゲンを恐れて逃げ回っていた。オイゲンはあるパーティー会場に乗り込んだ。

マンスフェルトはその時イングランドの外交官ステプニーと話していた。話題はイタリアにおける戦争であった。

「貴国の軍隊はよくやってますな。クレモナといいルッザーラといい大したものですよ。ヨーロッパ中がオイゲン公子の偉業を讃えていますからな」

ステプニーはオイゲンの作戦と指揮を賞讃した。

「いやいや、誤解がありますな、彼がわが軍をすっかり駄目にしてしまったんですよ。無理をしたんです。自分の名誉欲のためでしょう。だからこの春からの作戦を実施できなくなってしまったんです。本当に困ったものです」

「マンスフェルト議長さん、お会いできて光栄です」

オイゲンは彼らの会話に割って入った。

「おお、これはオイゲン公子、いやいや私こそお会いできて光栄です。もっと早くにお会いしたかったんですが、ずっと忙しかったものですから」

マンスフェルトは驚きを作り笑いに変えてオイゲンの手を握った。

「私のことでもお話しでしたか」

「ええ、そうなんです。今、皇帝軍の活躍についてステプニー氏と話していたところだったんですよ。ステプニーさん、こちらが今お話していたオイゲン公子です」

オイゲンはステプニーと握手を交わした。ステプニーは意味ありげにウインクした。

「ところで、オイゲン公子はイングランドに行かれたことはおありですかな」

マンスフェルトは当たり障りのない話題に持っていこうとした。

「私は軍資金のことを話すためにイタリアから戻ってきたのです。あなたも忙しいようですから、早速本題に入りましょう」

マンスフェルトの顔から作り笑いが消えた。

「ああ、それなら心配無用です。ザーラブルクと一緒に銀行と交渉しています。とても良い感触です」

「どの銀行ですか。銀行には知り合いもいますので」

「いやいや、公子にお出ましいただくわけにはいきません。私どもにお任せください。今度は大丈夫です」

「その根拠は？」

「根拠？　そりゃもう、相手方の頭取が約束してくれましたから、今度こそ大丈夫です。ご安心ください」

「頭取とはどなたですか」

「いやいや、まだお名前を出すわけにはいきません。秘密裏に運びませんと、まとまる話もまとまりませんから」

「よろしい。必ずやまとめてください」

オイゲンは辞去した。怒りがふつふつと湧いてきた。奴を辞めさせる、と心に決めた。

オイゲンは反皇帝、反マンスフェルトの立場の人間たちを糾合した。まずレオポルトの息子ヨーゼフ一世とバーデン辺境伯ルートヴィヒ、彼らはドイツでフランス軍と対峙していたが、何も送ってこないマンスフェルトに怒り心頭であった。ヨーゼフの義理の叔父でもあるプファルツ選帝侯、外交官カウニッツ、ヨーゼフの家庭教師だった大臣ザルム、そしてグンダカー・シュタ一レンベルクなどである。グンダカーはリューディガー・シュターレンベルクの異母弟で、オイゲンと同い年、財務担当大臣でもあった。

ヨーゼフは一時ウィーンに戻ると皇帝の説得にかかった。

「今すぐにあの二人を更迭してください。そうでなければわが帝国は崩壊してしまいますよ」

「そんなに心配するな。彼らはよくやってくれているんだ。銀行だってわれらを見捨てたりはしない」

「ザーラブルクなんか銀行団と喧嘩していますよ。非常に評判が悪いです。融資なんかしてくれませんよ」

「しばらく様子を見よう。決して悪くはならないだろう」

ヨーゼフは皇帝のあまりの認識不足と脳天気に呆れた。

「ところで、ご存知ですか、バイエルンのマクス・エマヌエルですが、ウィーンを攻めるつもりですよ。のんびり構えている場合ではありません」

ヨーゼフはウィーンが置かれている危険な状況に注意を喚起しようとした。

「よいか、彼は私の娘婿だぞ、その彼が何で私のいるウィーンを攻撃するんだ？　あり得んぞ！」

皇帝の顔に初めて怒りの色が現れた。

「彼はもはや敵です。ルイ十四世と結託しているんです。それを忘れてはなりません」

「おまえの考えすぎだ。私はもう十分に年を取った。健康も優れない。静かにしておいてくれんか」

レオポルトは顔を背け、「もうよい」と言わんばかりに手を振った。一番の障害はこの皇帝だな、とヨーゼフは思わざるを得なかった。

一七〇三年五月、ハンガリーで小規模な反乱が起こり、拡大の様相を見せていた。六月にはバイエルン軍がチロルを占領し反オーストリア色を鮮明にした。そんな時に宮廷ユダヤ人ザムエル・オッペンハイマーが死んだ。彼は帝国の金融業務を長きにわたって支えてきた人物だった。彼が築き上げた信用で帝国は銀行や資産家から借り入れができたと言っても過言ではない。その信用を失ったことで帝国は資金の調達が全くできなくなってしまった。ザーラブルクとマンスフェルトではオッペンハイマーの代わりは務まらなかったのである。

さすがにレオポルトも頭を抱えた。ついにマンスフェルトとザーラブルクを更迭し、オイゲンを軍事参議会議長にグンダカー・シュターレンベルクを帝室財務府長官に任命した。

グンダカー・シュターレンベルクは財政改革に取り組み、銀行団との関係も改善された。オイゲンが軍事参議会議長に就任したことで、海上諸国家から借款という形で援助を受けることが可能になった。彼はまた皇帝軍の改革にも乗り出した。そして成果を上げつつあった。

しかし、帝国を取り巻く軍事状勢は日々悪化していった。ハンガリーにおける皇帝軍の存在が希薄になるにつれて反乱軍の活動が活発になっていった。ルイ十四世に支援された大土地所有者ラーコーツィを筆頭に首謀者たちは農民たちの怒りを吸い上げて大きなうねりにもっていった。そのうねりはウィーンにまで達しようとしていた。恐怖に駆られた人々が続々とウィーン市内に避難してきていた。

一方、西方ではマクス・エマヌエルが、一七〇四年一月半ば、パッサウを占領した。ルイ十四世はウィーンを攻めろと盛んにけしかける。東西から攻めればウィーンは落ちる。ウィーンが落ちれば、ハプスブルク家も神聖ローマ帝国も崩壊する。そうなれば、フランスに逆らう者はヨーロッパから消えてなくなるであろう。今が絶好のチャンスであった。

パッサウを占領されて皇帝はさすがに慌てた。彼に避難する場所はもうなきに等しかった。避難民は引きも切らずに押し寄せる。市民たちはパニックに陥った。

オランダ大使ブリュイニンクスは本国にこう報告している。

「ここでは、すべてが完全に絶望的です。帝国はほとんど崩壊しかかっており、全般的な軍事的崩壊は避けられないでしょう。敵はウィーンの門前に迫っており、両方から進んできています。それを止めるものは何もありません。金もなければ部隊もないのです。都市を防衛するものは何一つないのです」

マクス・エマヌエルもその気になっていた。ウィーンの守りは手薄だ。ハンガリー反乱軍は勢いに乗っている。挟撃すれば必ず攻略できるであろう。しかし、だがしかし、ウィーンにはオイゲンがいた。あの何をしでかすか分からないオイゲンがいた。連戦連勝のオイゲンがいた。それがマクス・エマヌエルの決断を鈍らせた。結局マクス・エマヌエルは動かなかった。いや、動けなかったのだ。それ故、ハンガリー反乱軍も動けなかった。ウィーンは、そして帝国も難を免れたのである。

第六章　ドイツへ、そしてイタリアへ

ブリントハイムの戦い

一七〇四年四月十二日、帝室会議は、オイゲンをドイツに派遣することを決定した。皇帝は、さすがに目が覚めたのか、フランス・バイエルン連合と対決する決意を固めたのである。

五月五日、イングランド陸軍総司令官マールバラ公ジョン・チャーチル（後の英国首相ウィンストン・チャーチルは彼の後裔）は皇帝レオポルトに「ルイ十四世とバイエルン選帝侯に対する自分の作戦に協力すること」を要請し、さらに皇帝軍司令官としてオイゲンを要求したのである。皇帝は、オイゲン指揮下の軍隊をマールバラの軍隊に合流させることを手紙で約束した。

その直後、イタリアから悲しい知らせがもたらされた。グイード・シュターレンベルクとともに戦っていたヴォーデモンがオスティリア近傍の戦闘で負傷し、四日後に死亡したというのだ。十四歳で皇帝軍に入ってから二十年、三十四歳であった。オイゲンはコメルシーに続いてまたもや親友を失ったのである。

イングランド・帝国合同軍は、フランス・バイエルン合同軍と小競り合いを演じながら、決戦の場に集結しつつあった。六月十三日、シュトゥットガルト東方のグロース・ヘパッハでオイゲン、バーデン辺境伯ルートヴィヒ、マールバラ公が相見えた。マールバラ公は評判通りの美男であった。その時五十四歳。かつてオイゲンを「小さくて汚らしい悪戯っ子」と呼んだ、プファル

マールバラ公

ツ選帝侯女でオルレアン大公（ルイ王の弟）に嫁いだリーゼロッテは「これほど美しい男は見たことがない」と褒めちぎった。身なりもマナーも良くて文字通りのジェントルマンだった。ずいぶん見た目の違う二人だったが最初から意気投合した。

　ドイツにおける敵は、ライン右岸のヴィルロワ率いる四万の軍勢と、ドナウ沿岸のマルサンとバイエルン選帝侯指揮下の四万である。マルサンは、バイエルン選帝侯と反りが合わずに解任されたヴィラールに代わって選帝侯の補佐に就いていた。グラーツで捕虜生活を送っていたヴィルロワは捕虜交換で釈放されて復帰していた。ルートヴィヒがドナウを望んだので、オイゲンはラインへ赴くことになった。

　小競り合いを繰り返しながら、両軍はドナウ河畔の決戦の場に集結しつつあった。

八月六日、マールバラ、ルートヴィヒ、オイゲンが顔を合わせた。ルートヴィヒは一ヵ月前のシェレンベルク攻略戦で腹部に刀傷を負っていた。

「傷は大丈夫なのか。休まなくてもいいのか」

オイゲンが心配そうに尋ねた。

「ああ、大丈夫だ。だいぶ良くなった。もう心配ない」

ルートヴィヒは力強く答えた。

ただ、ルートヴィヒに昔日の面影はなく、決戦に消極的であった。「トルコ人殺しのルイ」と呼称された往時の勇猛果敢さは影を潜め、戦い方も包囲戦を好むようになっていた。さらに、マクス・エマヌエルとの戦いを避ける素振りが見られた。それが長年の友情によるものなのか、あるいは何か裏があるのかはオイゲンには分からなかったが……。

イングランド・帝国連合軍はドナウヴェルトの北西十キロ、ドナウ川左岸、支流のケッセル川に沿って陣を張った。ドナウは蛇行し、北側の低山に向かって低い丘陵地帯が広がっている。すでに穀物の刈り入れが終わった畑地の中に小さな村が点在している。オイゲンは山側に、マールバラは、ケッセル川とドナウ川の合流点にあるミュンスター村に本陣を置いた。

「インゴルシュタットはどうする？」

マールバラの本陣で広げた地図を前にしてルートヴィヒが訊いた。

インゴルシュタットは五十キロほどドナウの下流にある都市で、バイエルン軍が守っていた。

「インゴルシュタットの軍は大したことはない、無視してもいいんじゃないか」

オイゲンが答えた。

「いや、背後に敵がいるのは落ち着かないな。おれに行かせてくれ。包囲して陥落させる。和議

スペイン・ポーランド継承戦争関連地図：ドイツ

にもっていってもいい。いずれにしろ短期間で片づくだろう」

ルートヴィヒがいない方がかえって都合が良いのではないか、オイゲンはそう思った。

「それじゃあ、おまえが帰るまで待つか。マールバラ公、どう思う？」

「それでいいでしょう。焦ることはありませんから」

マールバラは鷹揚に答えた。

ルートヴィヒは自軍を引き連れて進発した。

「当分帰ってこないでしょう。いや、決戦が終わるまで帰らないかもしれない。彼抜きでやりましょう」

オイゲンは、兵力は減少するが、かえって引き締まって良いのではないかと思った。

「それでいいでしょう。やる気のない者はいない方がいい。邪魔ですから」

マールバラも同じように考えていた。

彼らは馬にまたがると偵察に出た。二キロほど西に進むとタップフハイムという村に出た。教会の塔に上って望遠鏡を覗くと、四キロ先のネーベル川の向こう側に、川に沿って山間のルッツィンゲン村からドナウとの合流点にあるブリントハイム村までおよそ六キロにわたって敵陣が展開していた。上流にマルサンとバイエルン選帝侯の軍が、そして下流に総司令官タラール元帥の軍が陣を張っていた。

「ちょっと悪戯をしましょうか」

オイゲンが笑みを浮かべて言った。

「悪戯といいますと？」

「噂を流すのです」

「噂？　どんな噂ですか」

「ルートヴィヒの部隊が戻ってから攻撃を開始するという噂です。つまり、彼の部隊が戻らないうちはこちらからは攻撃をしないと思わせるのです」

「ふふん。それで？」

「それで、われわれだけで攻撃を仕掛けます。敵の虚を突くわけですよ」

「なるほど。確かに敵は虚を突かれますな。そして慌てるでしょう」

「多少の効果はあるでしょう。いかがです？」

「まあ、効果はあるでしょうな。しかし、そういうのは騎士道に悖る行為でしょう。感心しませんな」

「さすがマールバラ公、ジェントルマンですな。では、撤回ということにしましょう」

「いやいや、撤回はもったいないです。感心はしないが、面白い作戦です。やりましょう」

「やる？　本当に？」

「ええ、やりますよ。本当に」

「マールバラ公、あなたも人が悪い」

「あなたの影響力が強力なのでしょう。早くも感染したようです」

「それは失礼しました」

「はははは」

両雄は声を揃えて笑った。

数日後、敵の密偵がタラール司令官に「噂は本当のようです」と報告した。タラールはイングランド・帝国連合軍が及び腰であり、決戦はひょっとするとないかもしれないとも思った。

八月十三日、マールバラ・オイゲン軍は動いた。両司令官はネーベル川まで来ると、ゆっくりと川沿いに馬を歩ませた。それを見たタラールは視察に来たと思った。実際彼らはまた再び戻っていった。しばらくすると、オイゲンがネーベル川の上流に一万六千の兵を引き連れ、下流にマールバラが三万六千の兵をもって現れた。

ブリントハイムの戦い

午後二時、ラッパと太鼓が鳴り響き、鬨の声が上がった。総勢五万二千の兵がネーベル川を渡り始めた。その時、なぜかタラールは敵が攻撃ではなくて退却していったと勘違いした。衰えていた視力のせいだったのか、噂を信じて疑わなかったためなのかは分からないが、彼は本国への報告書にこう記したのである。「敵は午後二時に突然の合図を鳴らしました。戦闘態勢に入りましたが、噂のごとく退却していきます」と。

そのタラールの三万三千の部隊にマールバラ軍の三万六千が襲いかかった。騎兵と歩兵が連携も巧みに動いた。騎兵隊が一戦交えると歩兵隊が前面に出て一斉射撃を加えた。その間に騎兵と馬が休み、また出撃して歩兵隊と交代する。タラールは狼狽えた。歩兵隊を出動させるタイミングを逸してしまい、騎兵を孤立させてしまった。騎兵も馬も急速に疲弊していった。マールバラ軍の圧倒的優勢の下に戦闘は展開された。一時、「ワイルド・ギース（野生の鵞鳥）」と呼ばれるアイルランドの傭兵部隊に右翼を攻撃されて危険な状態に陥ったが、救援要請を受けたオイゲンは、一番近くにいたアンハルト=デッサウ侯レオポルトの歩兵部隊「ブルドッグ」を急派した。かくしてブルドッグ対ワイルド・ギース戦の火蓋が切って落とされた。よく訓練されたプロイセン兵からなるブルドッグの戦闘力は凄まじく、あっという間にワイルド・ギースを駆逐した。

一方、オイゲンの部隊は川の流れが速かったために渡河にてこずった。またオイゲンの一万六千に対して敵のマルサン・選帝侯軍は二万三千と数的に優位であった。二度退却を余儀なくされ、三度目の攻撃で何とか敵の勢いを抑えることができた。だが、拮抗した状態が続く。オイゲンはフランツの部隊に、森に入って休み、隊列を整えて攻撃に出る時を待つよう命じた。フランツはいったん後方に下がってから山裾の森の中に入った。兵と馬に沢の水を飲ませて休ませ、攻撃態勢を整えて待った。一方オイゲンは戦いながら部隊を徐々に後退させた。それにつれて敵は前進する。敵部隊が姿を現すと、フランツは攻撃命令を出した。ラッパが鳴り響き、騎兵が斜面を猛スピードで下っていく。敵は左側面を突かれて混乱に陥った。ここぞとばかりオイゲンの本隊が攻勢に転じる。形勢逆転して敵は後退し始めた。そこにタラールが破れたとの報が入り、マルサン・選帝侯軍は南のヘヒシュテットの町へと退却し始めた。皇帝軍の疲労も激しく、追撃する余力は残っていなかった。午後八時にようやく戦闘は終わった。

フランス・バイエルン合同軍の死傷者と捕虜は合わせて三万以上に上り、総司令官タラールは息子を失い、自身も重症を負い捕虜となった。さらに、二百門に近い砲、弾薬、五千四百台の荷を積んだ車両、軍用金庫、医薬品、将校用の女性を乗せた三十四台の馬車等がイングランド・皇帝軍の戦利品となった。イングランド・皇帝軍の死傷者は一万二千、苦戦したオイゲンの部隊の犠牲者が多かった。

翌日、合戦が行われた場所は死体の処理と負傷者の手当や搬送でごった返していた。オイゲンは側近たちとともに見回っていた。本陣に戻る途中、シュヴェニンゲンの村はずれで人だかりがしていた。近づくと、中年の大柄な男が驚いて馬上のオイゲンを見上げた。

「どうした？　おまえは輜重隊の人間か」

オイゲンはその中年の男に声をかけた。

「はい、酒保の者です」

「で、ここで何をしている？」

「はい、閣下、これは女兵士であります。すでに死んでいますが……」

「女兵士？」

「はい、左様で。私どもの知り合いで、戻ってこないので探していました。運良く見つけることができました」

オイゲンは馬を下りた。死体に近寄ると、兵士の服装をしていて体格も良いが、顔は確かに女だった。左の脇腹が血で染まっていた。

「ここで戦闘は行われてなかったはずだが？」

オイゲンは訝しく思った。

「はい、向こうでやられてここまで戻ってきたんでしょう。しかし、ここで事切れたんだと思います」

オイゲンがさらに怪訝な顔をしていると、男は続けた。

「この子たちの母親なんです」

男は死体のそばで泣いている二人の子供を指差した。十歳くらいの少女と少し年下の男の子だ。

「自分の子供に会いたくて戻ってきたというのか」

「はい、そうだと思います」

「なぜ、子供のいるような女が兵士になったのか、話してくれ」

オイゲンは女の身の上に興味を持った。

「はい、彼女の亭主が傭兵だったのですが、病気になって去年死にました。彼女はそれまで私のもとで働いていたんですが、より良い収入が期待できる兵士になったんです。体格も良く、力もありましたので。病気の亭主と子供たちを養わなければなりませんから、酒保の仕事だけでは難しいのですよ」

「そうか……。では、手厚く葬ってやってくれ。それに、子供たちの面倒を見てやってくれないか」

オイゲンは男の手にいくばくかを握らせた。

「いや、閣下、これは……」

「いいんだ。よろしく頼む」

「はい……」

男は頭を下げた。それから、オイゲンの顔を見てしっかりとした口調で言った。

「承知しました。きちんと面倒を見ます。それに、子供にもできる仕事はいくらでもありますんで、この子たちもちゃんとやっていけます。どうかご安心ください」

オイゲンは「分かった」と答え、そして子供たちを見た。二つの小さな顔が彼を見上げていた。オイゲンは「大丈夫だよ」というように頷いた。

馬にまたがると、オイゲンは前を向いたまま言った。

「仕方ない、何もかも仕方ない、人間生まれてしまったらな。どうだ、違うか？」

誰も答えないでいると、彼はさらに続けた。

「いや、人間だけじゃない、生きとし生けるものはみな同じだ、仕方ないんだ、その時が来るまでは……」

「そのとおりだな。いったんこの世に生まれちまったらどうしようもない。その時が来るまでは生きるしかないよな、どうであろうと……」

ピーターが遠くに目をやりながらつぶやいた。

ドナウ川が夏の陽にきらめきながら流れ、その両側に緑と薄茶の畑がパッチワークのように広がっていた。

捕虜になったタラールはイングランドに連行された。バイエルン選帝侯マクス・エマヌエルはフランスに逃れ、その後スペイン領ネーデルラントの総督になった。バイエルンは帝国の属州に格下げされ、重い軍税が課せられることになった。

一方、オイゲンはバイエルンでの略奪を禁じた。のみならず建物を損壊すること、農作物の収穫、経済・商業活動、日常生活を妨げることをも厳禁とした。

ブリントハイム（ブレンハイム）の戦いと呼ばれるこの合戦は、スペイン継承戦争において決定的なものであった。イングランド・皇帝軍の勝利はヨーロッパにおける長年のフランスの優越的地位を一挙に覆すことになったのである。


ただし北イタリアではフランス軍が優勢であった。ヴィクトル・アマデウスは、オイゲンの説得もあって、一七〇三年十月に連合国との条約に署名してフランスから離脱していた。しかしながら、彼とグイード・シュターレンベルクとの間がうまくいかず、トリノはフランス軍に包囲されていた。

ウィーンではマンスフェルトら反オイゲン勢力が巻き返してオイゲンを罷免するよう皇帝に働きかけていたが、皇帝はイタリアにおける苦境を打開するためにはオイゲンをもってするしかないことを理解していたし、またオイゲン自身も、気が進まなかったにしろ、自分が行くしかないことをよく分かっていた。レオポルトはオイゲンを引見した。

「おまえの耳にもすでに入っているだろうが、マンスフェルトたちはおまえを解雇するよう要求している。ハイスターを軍事参議会議長に就任させ、グイード・シュターレンベルクをイタリア派遣軍の総司令官に昇格させる気でいる」

皇帝は体調を損ねていた。青白いむくんだ顔でオイゲンの表情を読もうとしていた。ハイスターはハンガリー軍司令官であったが、何の成果も上げられない無能な人間だとオイゲンは見なしていた。ただ何も言わず黙っていた。

「しかし、私はおまえしかいないと思っている。不満もあることは承知している。イタリアへ行ってくれぬか」

「たとえ私が行ったところで軍資金がなければ何もできません」

「分かっておる。金は出す」

「お言葉ですが、これまでもそう言われてきました。でも、金は送られてこなかったり、来ても十分ではありませんでした。焼け石に水だったこともたびたびありました」

オイゲンはこれまでの鬱憤を晴らす思いで言った。

「分かっておる。だが今度は大丈夫だ。財政状況もだいぶ良くなったと聞いている」

「分かりました。イタリアへ行きます」

そう答えるより仕方なかった。

いつものあてにならない皇帝の約束を得て、オイゲンは一七〇五年四月十七日、ウィーンを発った。

オランダ大使ブリュイニンクスはオイゲンに同情を禁じ得なかった。

「将軍というよりは使徒のようでした。なぜなら、彼は全く金を持っていなかったからです。気の毒でした」

一七〇五年四月二十三日、オイゲンはロヴェレートに着いた。冬営していた皇帝軍の惨状は予想していたよりも酷かった。失望を隠せないオイゲンに対してグイード・シュターレンベルクは、まるで愚痴をこぼすかのように訴えた。

「毎日脱走兵が数十人も出るんだぞ。それも当たり前だ。給料はもらえない、飯は食えない、服も靴も買えない、これで平気でいる方がおかしい。そうだろう？　おれら将校だってもう一年以上も給料をもらってないんだ。よく生きているよ、そう思わないか」

「もちろんだ、おまえの言うとおりだ。どだい無理なんだよ。フランスと戦争するのがな。フランスは強大だ。人口も多い、産業も発展している、だから金もある、軍隊だって規模も質も格段に上だ。そのフランス相手にドイツとイタリアで戦い、フランスに支援されたトルコとも戦った。よくやったよ。でも、いずれトルコはまた攻めてくるだろう。ハンガリーの反乱も収まらない。バイエルンでも反乱が起きるかもしれない。フランスもこのままでいるはずもない。金欠病のハプスブルク帝国には無理なんだよ」

「イングランドとオランダからの支援はあるのか」

グイードは気になっていたことを訊いた。

ヨーゼフ1世

「ああ、マールバラ公がベルリンで八千人のプロイセン兵を雇ってくれた。近々こっちに来るだろう。だが、それだけだろう」

「バイエルンの占領軍からも来るんだろう？」

「ああ、来る。ただ、バイエルンを抑えておくための兵員を残さなければならないから、こっちに来るのはせいぜい一万だ」

「すると、合わせて三万弱か……」

「人数はそれでいい。問題は、とにかく金だ、金がなければ戦争はできない」

　オイゲンは皇帝の約束を信じていなかった。待ち受けているのは困難ばかりだろう、そんな予感しか持てなかった。

　プロイセン兵とバイエルンの皇帝軍が相次いで到着するのと同時に、驚くべき知らせが舞い込んだ。五月五日、皇帝レオポルト一世が死んだのだ。引いた風邪がすでに衰弱していた体に追い打ちをかけたのだ。長男ヨーゼフが跡を継いだ。新皇帝ヨーゼフ一世は二十六歳、父親には似ておらず、背は低くずんぐりしていて、金髪碧眼、下顎も前に突き出ていなかった。ハプスブルク家よりも母方のプファルツ選帝侯家の血を受け継いだのであろう。オイゲンはレオポルト一世の死を心から悼んだが、一方、新皇帝の誕生をまた心から歓迎したのである。

この年は雨が多く、道路はぬかるんで行軍もままならず、川は増水して渡河を困難にしていた。それでも、トリノからの度重なる救援要請にオイゲンは西進せざるを得なかった。ミラノから東へ三十キロ、カッサーノ市の近郊でアッダ川を挟んで両軍は睨み合った。皇帝軍二万九千。ただしフランツとピーターの連隊はバイエルンに留まっていた。仏軍は三万。仏軍を率いるのはオイゲンの従兄のヴァンドームである。

八月十六日午前九時、オイゲンの命令一下、皇帝軍は増水した流れを突っ切って中州に上陸し、敵軍と激烈な戦闘を開始した。騎兵と歩兵の入り乱れた白兵戦である。その中を銃弾が飛び交う。数時間後、敵の大半を中州から駆逐したが、さらに対岸に渡るだけの力は残っていなかった。死傷者は皇帝軍五千、フランス軍八千であった。有能な指揮官ライニンゲン伯爵とロートリンゲン公子ヨーゼフを失ったのはオイゲンにとって痛恨の極みだった。オイゲン自身も首筋を銃弾が掠め危うく命を落とすところだったのである。

その後も睨み合いは続いた。ヴァンドームはトリノから援軍を回すこともできたが、オイゲンにとっては何一つ期待できるものはなかった。彼は皇帝ヨーゼフに訴えた。

「金はなく、パンも荷車もテントも大砲もなく、腹を空かした兵たちで何ができるでしょうか」

もはやトリノ救出は不可能であった。せいぜいフランス軍の一部を引きつけておくことしかできなかった。そして十一月、ガルダ湖半の冬営地へと引き上げたのである。

皇帝ヨーゼフはマンスフェルトら反オイゲン勢力を罷免し、ハンガリー方面軍司令官ハイスターに代わってグイード・シュターレンベルクを任命した。また財務府長官にはグンダカー・シュターレンベルクが就いており、オイゲンにとっては格段にやりやすくなっていた。

十一月、マールバラ公がウィーンを訪れ、二十五万ポンドの借款を約束した。しかも、それは直接オイゲンに渡されてイタリアで使われるべきであると主張したのである。ウィーンに戻ったオイゲンは、マールバラ公と会うことはできなかったが、これを聞いてイタリアでの戦争を引き続き指揮する気になった。

バイエルンでは、夏頃に兆候が見られた反乱が十一月に入って本格化した。オイゲンは死刑を含む厳しい処置を命じた。占領軍は、フランツとピーターの部隊もその中にあったのだが、冬の間ずっとバイエルンで反乱の鎮圧に当たらなければならなかったのである。

一七〇六年四月十四日、オイゲンはロヴェレートに到着した。バイエルンから皇帝軍が、ドイツから海上諸国家によって雇われた軍隊が相次いで到着した。歩兵三万六千、騎兵七千、総勢四万三千である。五月、六月の二ヵ月間、ガルダ湖周辺に留まり、必要な訓練を施して戦える軍隊へと仕上げていった。兵士たちもきちんと給料をもらえ、士気も高まっていた。

六月下旬、オイゲンは作戦を側近たちに伝えた。側近たちとはフランツ、ピーター、そしてブリントハイムの戦いでめざましい活躍をしたプロイセン歩兵部隊「ブルドッグ」を率いるアンハルト゠デッサウ侯レオポルトだ。ガルダ湖を見晴らせるレストランでワインを飲みながら、くつろいだ気分である。

「ヴァンドームは、おれたちがアディージェ川を渡れないと思っているだろうな」

オイゲンがまず口を開いた。

「川沿いに強固な防衛線を張ってますからな、なかなか難しいでしょう」

レオポルトが頷いた。

「オイゲンは渡れると思ってるんだろう？」

フランツが言った。

「ああ、思ってる」

オイゲンはワインを一口飲んでから続けた。

「防衛線といっても長いからな、穴ができる」

「どこか分かっているのか」

ピーターが訊いた。

「ああ、分かっている。ずっと下流の方だ。偵察隊の報告では、ロヴィーゴの辺りで守りが手薄になっているそうだ」

「罠ということはありませんか」

レオポルトが尋ねた。

「それも調べさせたが、その可能性はないようだ。要するにヴァンドームはおれたちが上流で渡ると思っているわけだ。そしてミラノを攻めると」

「で、下流で渡ってからどうする？　ポー川も渡るのか」

フランツがオイゲンの顔を覗きこんだ。

「ああ、渡る。渡ればすぐにフェラーラだ」

「なるほどね。オイゲンらしいな。ヴァンドームの裏をかく作戦だな」

ピーターが納得顔をして頷いた。

「そのとおり。まず南下する。それからアペニン山脈の北麓に沿って西に向かう」

「ヴァンドームは完全に肩すかしを食いますな」

レオポルトが顔に笑みを浮かべて言った。

「ヴァンドームの奴、どんな顔をするか見てみたいよな」

ピーターも笑いながら言った。

「彼はオイゲンの従兄でしたよね、似てるんですか、顔は？」

レオポルトがオイゲンの顔を見ながら訊いた。

「あいつはおれの母親の姉の息子なんだけどね、全然似てないね。母親はけっこう美人なのに、あのルイという奴は何ていうか変な顔してて、おれの方がよっぽどいい男だよ」

オイゲンは笑ってグラスを掲げた。

他の三人もどっと笑ってグラスを掲げた。

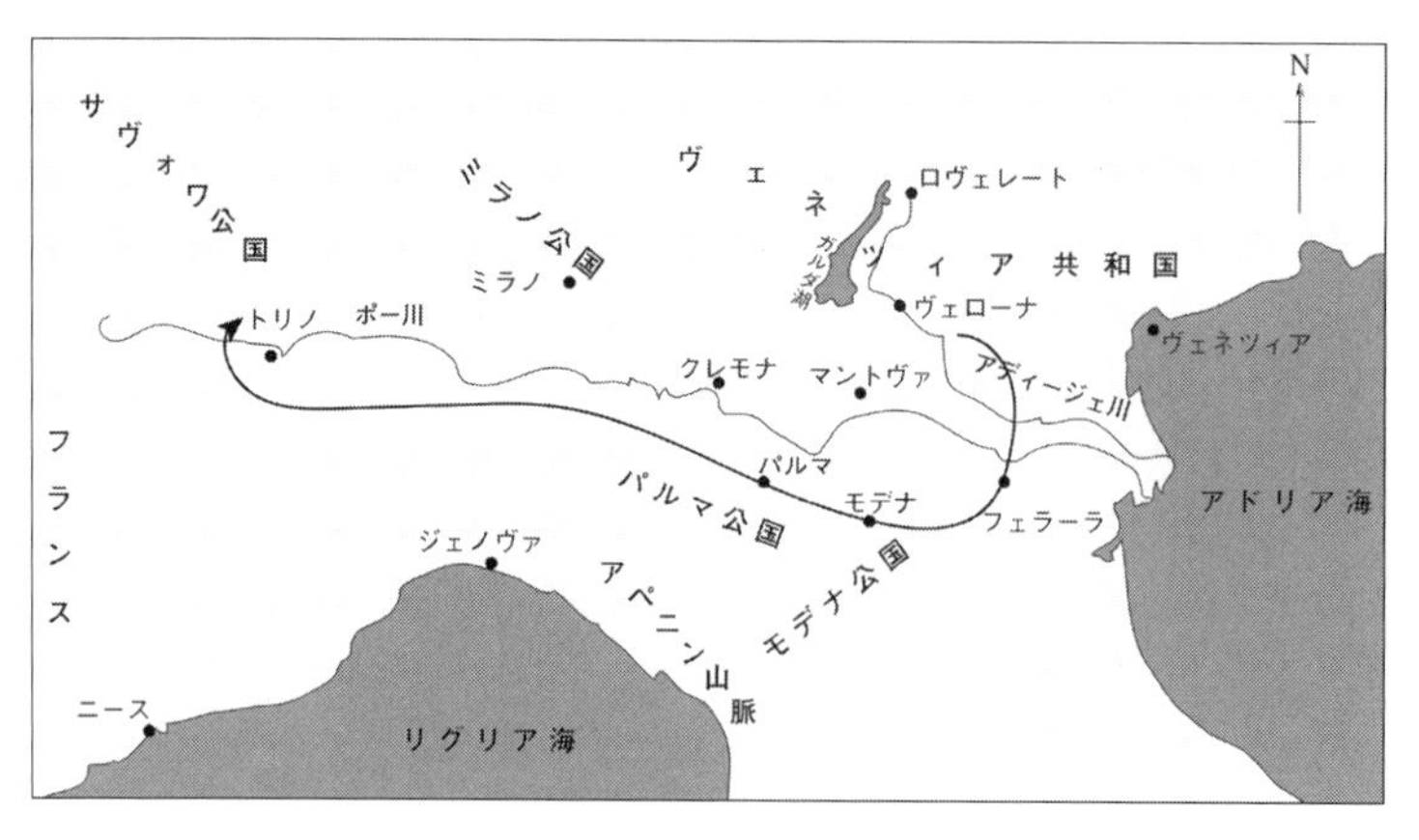

北イタリアにおける皇帝軍のトリノ進軍ルート

「じゃあ、名将ヴァンドームに乾杯！」

「乾杯！」

七月六日、作戦どおり、皇帝軍はロヴィーゴ近郊でアディージェ川を渡った。さらにポー川を渡り、フェラーラを通過し、ボローニャの手前で西に転じた。敵の抵抗はない。軍は一直線にトリノを目指した。

一杯食わされた格好のヴァンドームは、それでも余裕を失わなかった。パリの陸軍大臣に宛ててこう記している。

「トリノの包囲についてはご安心ください。多くの地点でオイゲンの部隊を食い止められますので、彼はトリノに達することはできないでしょう」

その直後、パリから命令を通達する文書が舞い込んだ。ネーデルラントで指揮を執るようにという内容だった。ネーデルラントでは、五月二十三日、ラミイでヴィルロワの軍がマールバラによって大敗北を喫していた。下手するとフランスが危ない、フランスに攻め込まれかねない、ルイ十四世はそう判断し、実力者ヴァンドームをネーデルラントに移す決定をしたのである。

これは各国の新聞読者をがっかりさせた。オイゲンによる「トリノ救出」は一般市民の間でも格好の話題となっていた。特にフランスでは、オイゲンとヴァンドームの従兄弟対決が注目を浴びていただけに、また、実戦経験の乏しい若いオルレアン大公ではオイゲンに敵うはずもないと、期待をはぐらかされたり落胆したりする向きも少なくなかった。それでも新聞各紙はオイゲンの進軍状況を詳しく伝えた。中にはオイゲンの食事に触れたものもあった。

「オイゲンは昼食をたっぷりと取る。料理は二人前をたいらげ、ワインを何杯も飲む。夕食は食べず、早く寝る」

オルレアン大公の参謀としてついたのはマルサンだった。オルレアン大公はマルサンの言いなりだった。だがマルサンはブリントハイムとラミイの敗戦で精神を病むほど激しく落ち込み、その上オイゲン恐怖症に罹っていた。イタリアへ行くよう命令を受けたとき、彼はすでに死を覚悟していた。陸軍大臣に宛てた手紙に彼はこう書いた。

「国王からイタリアへ行くよう命令を受けて以来、この戦いで死ぬであろうという確信を振り払うことができないでいます」

仏軍は積極的な作戦を採ることができず、皇帝軍は易々と西進できたのである。

八月二十九日、出発してから二ヵ月近く、五百キロ余りを踏破した皇帝軍はトリノの南の小都市カルマニョーラに到着し、オイゲンはヴィクトル・アマデウスと再会した。

「よく来てくれた、エウジェーニオ」

ヴィクトル・アマデウスはオイゲンの手を強く握って言った。

「ああ、久しぶりだな。思っていたよりもはるかに快適な旅になったよ。美味いワイン飲んで、ちょっと太ったかもしれないな。金払いもいいんで地元民にも歓迎されたよ」

オイゲンは上機嫌だった。

トリノの防衛は、グイード・シュターレンベルクに代わったダウン将軍が引き受け、ヴィクトル・アマデウスは小隊を引き連れ、包囲軍の神経・体力を消耗させるべくトリノ近郊を動き回っていた。

九月二日、彼らはトリノの東にあるスペルガ山に登った。標高七百メートル近い山頂からはトリノの町がよく見えた。その背後にはアルプスの高い山々が連なっている。その向こうはフランスだ。ヴィクトル・アマデウスは、もしこの戦争に勝てたらここに聖堂を建てると心に誓った。

オイゲンはラ・フイヤード率いる包囲軍の守りが東に対して強く、背後の西側は弱いと見た。とりわけ北西に弱点があった。

「これはもう勝ったも同然だよ」

オイゲンはにんまりとして言った。

オルレアン大公の軍隊がトリノに到着して仏軍は総勢五万を超えた。皇帝軍は三万である。

オイゲンは軍をトリノの西側に移動させた。これを見て仏軍は慌てた。皇帝軍が東側から攻めてくるものと信じて疑わなかったのだ。急遽西側の防備を補強しにかかった。

九月七日早朝、オイゲンは攻撃開始を命じた。大砲が火を噴いた。烈しい砲撃戦が続く。昼頃、北西の弱点に擲弾兵部隊を投入する。堡塁に肉薄して塹壕に手榴弾を投げ込む。これで防衛線に穴が開いた。

オイゲンはアンハルト＝デッサウ侯レオポルトを呼んだ。

「作戦変更だ。部隊を二隊に分けて突入したら左右に展開してくれ。その方が速く突破口が広がるし、続いて突入する騎兵隊の邪魔にもならないからな」

「なるほど。了解しました」

レオポルトは隊を編成し直して突撃の命令を待った。

命令一下、プロイセン歩兵部隊ブルドッグが突入する。左右に展開して敵をなぎ倒していく。突破口が大きく開く。すかさず騎兵隊が襲撃する。防衛線が内側から破られていく。オイゲンも隊の先頭に立って指揮を執る。従卒二人が打ち倒され、オイゲン自身も被弾した馬から振り落とされた。だが、すばやく起き上がると、替えの馬にまたがって指揮を続けた。

フランス側は総崩れになり、南西方向に逃れていった。フランス軍の損失は、溺死者を除いて死傷者四千、捕虜五千、皇帝軍は死傷者三千であった。マルサンは、暗い予感が現実となり、重症を負った後に死亡した。ヴィクトル・アマデウスはいち早くトリノに入城すると、大聖堂で神に感謝を捧げ、スペルガ山での誓いを新たにした。

年が明けて、一七〇七年一月四日、バーデン辺境伯ルートヴィヒ・ヴィルヘルムがラシュタットの宮殿で死んだ。二年半前にシェレンベルクの戦闘で受けた傷が治りきっておらず悪化したためであった。オイゲン、フランツ、ピーターは三人でトリノ大聖堂で彼の死を悼んで祈りを捧げた。ヴィクトル・アマデウスは風邪を引いて伏せっていた。

大聖堂を出ると、近くのカフェに入った。

「トリノも冬はやっぱり寒いけど、明るくてカラッとしていていいよな。ウィーンの冬はじめじめしていて暗いしな。おれの喉にもこっちの方がいいようだ。とても調子が良い」

「イングランドは冬だけじゃなくて夏ももう一つだからな。イタリアはいいよ、本当に」

ピーターが言った。

「話は変わるけど、ルートヴィヒがいなくなってバーデンは大丈夫なのか」

フランツが真面目な顔つきで訊いた。

「多分、大丈夫じゃないだろう。フランスが攻め入る可能性が高い。春には始まるかもしれないな」

「そうだろうな。それに、イタリアに残っているフランス軍はどうなる?」

「フランス側から交渉の提案があったところだ。反対はあるかもしれないが、おれ自身は、無償で引き上げさせてもいいいと思っている」

「おれもそれに賛成だな。早くけりをつけた方が得策だ。それも平和裏に」

フランツは二度、三度頷いた。

「これも最近のことだが、マールバラ公からトゥーロン攻撃の提案が示された。彼、というより海上諸国家だが、北と南の両方からフランスを攻めようという腹づもりのようだ。こいつはちょっと難物だ。おまえら、どう思う？」

オイゲンが彼らの顔を交互に見た。

「トゥーロンを落とせたとして、その後はどうなる？　パリまでは遠すぎるだろう」

フランツが疑問を呈した。

「そのとおりだ。パリまでは行けない。要するにフランス側の兵力を分散させたいんだろう」

「で、どうなんだ？　オイゲンはやるつもりなのか」

ピーターが尋ねた。

「やるつもりがあるかどうかというよりも、気が進まない。あまり意味がない。ウィーンも賛成はしないだろう」

オイゲンが答えた。

「じゃあ、断るのか」

ピーターが再び尋ねた。

「いや、断りにくいな。何しろ今回の戦争では戦費を出してもらったからな。どうするか……」

「返事はいつまでだ？」

フランツが訊いた。

「まあ、春までには回答する必要があるな」

しばらく沈黙が続いた。それを破るようにオイゲンが口を開いた。

「オーストリアにとってはむしろナポリとシチリアが問題だ。まあ、シチリアは遠すぎるし島なのでほっとくとして、つまりブルボンにやるとしても、ナポリは手に入れたい。皇帝もその意向だ」

「ナポリを手に入れればイタリアはほぼオーストリアのものになるな。イタリアに平和が訪れるというもんだ。そうだろう？」

フランツがオイゲンに向かって言った。

「そのとおりだ。だからやらなければならない」

「いつ、そして誰がやる？」

ピーターが尋ねた。

「気候が良くなってからだから、五月あたりかな。ダウンにやってもらおうと思っている」

オイゲンはトリノの籠城で苦労したダウンに花を持たせたいと考えていた。

「おれも行こうかな」

ピーターが遠慮がちに言った。

「じゃあ、おれも」

フランツが語気を強めて言った。

「いや、そんなには要らない。無血開城だってありうるんだから。あれ、おまえら、ひょっとして観光目的か」

「はは、ばれたか」

ピーターが笑った。

「いや、おれは真面目に言ってるよ」

フランツが真顔で抗弁した。

「フランツよ、おまえにはやっぱり役者は無理だな。顔に嘘って書いてあるぞ、でかでかと」

オイゲンがフランツの額を指差した。

「へへ、ばれたか。でも、ナポリへは行ってみたいよな」

フランツはばつの悪そうな顔をした。

「戦争は物見遊山でするもんじゃないからな。残念だったな、君たち」

フランツとピーターは揃って首をすくめた。

五月、ダウン将軍は一万四千の軍勢を率いてナポリに向かった。さしたる抵抗もなくナポリ王国を征服できた。その結果、オーストリアはイタリアを自らの支配下に置くことが可能になったのである。

トゥーロン遠征は実施されることになった。だがオイゲンにとっては「お付き合い」以外の何物でもなかった。六月末、オーストリア、サヴォワ、プファルツ、プロイセンからなる混成軍約四万は南仏目指して進発した。ニースを難なく攻略し、七月二十六日、トゥーロンに到着した。

フランス側はしっかりした防衛体制を敷いていた。二十八日、作戦会議が開かれた。オイゲンは撤退を進言したが、ヴィクトル・アマデウスとイングランドの海軍提督ショヴェルは攻撃を主張した。オイゲンは彼らに押し切られたが、包囲戦を行うことに落ち着いた。

だらだらと包囲を続けるうちに仏軍は援軍を増派し、攻略の見込みは遠のいていった。ヴィクトル・アマデウスもショヴェルもついに撤退を受け入れて、八月二十二日、トゥーロンを去ったのである。

九月半ば、オイゲン、フランツ、ピーターはトリノのレストランにいた。

「ナポリの代わりにトゥーロンに行けて良かったじゃないか。同じ地中海だぜ」

オイゲンが皮肉めいた言い方をした。

「そう思いたいけど、何だか、ぱっとしない遠征に終わってこの辺がもやもやしてるな」

フランツが胸に手を当てた。

「ちょっと暑すぎたけど、地中海の太陽と海は良かったな」

ピーターが満足げに言ってワインを口に含んだ。

「確かに暑かったな。去年とは大違いだ。でも少し涼しくなってきて、ワインも美味い」

オイゲンもグラスを傾けた。

「ところでヴィクトル・アマデウスだけど、体調が悪いそうだな。大丈夫なのか」

フランツがオイゲンに尋ねた。

「単なる疲労だろう。それより、あいつはへそを曲げているのさ。怒っているんだよ、このおれに。トゥーロンを攻撃しなかったから……」

「攻撃しなくて正解だろう。やってたら無駄な犠牲を出しただけさ、それもきっと莫大な規模になっていただろうよ。おまえが正しいよ、オイゲン」

「おまえの理解も正しい。感謝するよ、ピーター」

オイゲンはグラスをピーターに向けて掲げた。

「話は変わるけど、マールバラ公がこのチャンスを生かせなかったのはもったいなかったな」

フランツは、マールバラがフランドルで成果を上げられなかったことに触れた。

「あれはオランダの腰が引けていたのさ。こっちも指揮官の意見が一致しなかったけど、向こうもそうだったのさ。つまり頭が複数あると駄目っていうことだな」

「これからはフランドルが主戦場になるな」

ピーターが引き締まった表情で言った。

「そういうことだ。いよいよ最後の決戦になるだろう……」

第七章　フランドルへ、そしてフランスへ

アウデナールデの戦い

一七〇八年六月二十九日、オイゲンはようやく揃った一万五千の軍勢をコーブレンツからフランドルに向けて進発させた。ただ、オイゲン自身は、出発の大幅な遅れに嫌な予感がしたために軽騎兵小隊を引き連れて先発した。ライン川に沿って北上し、ケルンで西に転じ、マーストリヒトでマース川を渡り、そして七月六日、ブリュッセル西方のアーセの陣地に到着した。

「よく来てくれた、オイゲン。今か今かと待っていたんですよ」

マールバラはオイゲンを抱擁しながら言った。

「兵員の集合に手間取ってしまったんです。申し訳ない。本体もすぐに到着します」

そう言いながら、オイゲンはマールバラのあまりの変貌に驚きを禁じ得なかった。顔はやつれ果てていて、声にも力はない。あの美貌が嘘のようであった。

マールバラは言い訳するように話し出した。

「心臓をやられたんですよ。発作を起こしました。それに胃痙攣もです。赤痢にも罹りました。食べ物が喉を通らないんです……」

「心臓に胃に赤痢ですか……。それは大変でしたな」

「あなただから話しますが、お恥ずかしいことですが、妻が女王と喧嘩しましてな、大喧嘩ですよ。おまけに敵対しているトーリー党が攻勢を強めています。政治的にも私の立場が非常に悪くなっているのです。罷免されるかもしれません……」

「いやいや、そんなことはないでしょう」

これは重症だな、とオイゲンは思った。

「それに、オイゲンの軍隊が到着しないうちに仏軍に攻められるのではないかと思ったら、もう夜も眠れなくなりましてな。情けない話ですが……」

正直なのはいいが、これは完全に壊れてしまったな、とオイゲンは衝撃を受けた。もしかすると、この人は案外小心で心配性なのかもしれない、励ましてあげよう、とオイゲンは思った。

「いやいや、大丈夫です。できることは私がやりますので、しばらく静養していてください。それに、病気だろうが女房たちの喧嘩だろうがよくある話ですから気にしないことですよ。これからフランスのやつらをこてんこてんにやっつけてやりましょう。そうすれば何もかもうまくいきますから」

オイゲンが彼の手を握って、

「大丈夫です。絶対に勝てます。一緒に頑張りましょう！」

と力を込めて言うと、初めてマールバラの顔に笑みが浮かんだ。

オランダの将軍たちはマールバラに代わって総指揮を執るようオイゲンに懇願した。オイゲンは最初は断ったものの、自分がやるしかないと思って引き受けた。

オイゲンは兵たちの前で、規律違反・命令違反は厳罰に処すこと、脱走・敵前逃亡は銃殺することを言明した。

オイゲンは軍服の着方を改め、隊列の組み方、行進の仕方から鍛え直した。

オイゲンを初めて目にする兵たちも少なくなかった。彼らはひそひそとささやいた。

「オイゲンて、聞いてはいたけど、ずいぶん小さいんだな」

訓練が進むうちに彼らはこう言うようになった。

「オイゲンて、やっぱりさすがだな。あれは凄いわ」

オイゲンの気迫が兵たちに乗り移っていった。たった三日間の訓練で軍は規律と士気を完全に取り戻していた。

プロイセンの将軍ナッツマーは後にこう述べている。

「神のご加護とオイゲン公子の奮闘によって軍は勇気を取り戻した」

七月十日朝、オイゲンはマールバラ、オランダの総司令官アウエルケルケ、それに主だった将軍たちを集めた。

「戦争は機が大切です。機を逸してはなりません。今がその時です。私の本隊が到着していない今、敵は、われわれが攻撃を開始するとは思っていないでしょう。なるほど、数的には敵が優位です。ただし、隙があれば話は別です。今攻撃すればわれわれは勝てます。従って、明日攻撃を開始します」

オイゲンはここで言葉を切った。周りを見回してから続けた。

「ご異存はおありか」

全員が首を横に振った。

「では、明日午前二時に進発します。準備に取りかかってください」

オイゲンはブリュッセルに向かった。母親が入院していた。会うのは一緒にスペインへ行った時以来である。病状は思わしくなく、ベッドに横たわったままで、あまり話もできなかった。一時間ほどいただけだった。

オイゲンは将兵に早めの夕食を取らせ、早めに就寝させた。

七月十一日、午前零時起床、二時、淡い月明かりの下、行軍を開始した。仏軍はアウデナールデの北西に陣を張っていた。軍勢はひたすら西を目指して進んだ。オイゲンは馬上から発破をかけ続けた。五十キロの道のりを十三時間で踏破した。

仏軍の総司令官はルイ十四世の孫のブルゴーニュ大公である。だが、実質上の総司令官は参謀のヴァンドームである。この二人は反りが合わず、ことあるごとに対立していた。一隻の船に船頭を二人乗せたルイ十四世の失敗であった。

十一日の午後、ヴァンドーム本陣のテントの中、二人は珍しく仲良くコーヒーを飲んでいた。ビロン伯が同席していた。

「従兄弟対決がまた注目を浴びていますが、やはりヴァンドーム公が勝ちますでしょうな」

ビロン伯が言った。

「そりゃあ当然です。われわれが勝たないでどうしますか」

ブルゴーニュ大公が「われわれ」を強調して答えた。

「ヴァンドーム公とウジェーヌは似ているんですか」

ビロン伯が尋ねた。

「いやいや、とんでもない」

ヴァンドームが手を振りながら否定し、そして続けた。

「あんなのと一緒にされては困りますな。母親は宮廷きっての美女だったのに、あいつときたらあのざまです。私も美男子とは言えませんが、あいつよりはよっぽどいい男ですよ。全く似てません」

「そのとおり。あいつよりは全然いい男ですよ」

ブルゴーニュ公が、「あいつよりは」に強勢を置き、薄ら笑いを浮かべて言った。

「ルイ王のご落胤という噂もありますな」

ビロン伯が言った。

「出鱈目もいいとこです。ルイ王とも全然似ていません。だいたいあの長い顔は人間離れしているでしょう。どっかの馬の骨の倅ですよ」

ヴァンドームが苦々しそうに言った。

「どっかの馬の骨の倅ですか。なるほど。それにしてはなかなかやりますな」

ビロン伯が感心したように言った。

「あいつはこれまでついていただけですよ。悪運が強いんですな。それも今回で終わりですよ。運の尽きです。こてんこてんにやっつけてやります」

ヴァンドームが憎々しげに言った。

そこに若い将校が血相を変えて駆け込んできた。

「大変です。敵が現れました！」

「敵？　何のことだ？」

ヴァンドームが怪訝な顔で訊いた。

「敵軍です。ウジェーヌとマールバラの軍隊です。もうそこまで来ています」

「そんな馬鹿な！　昨日までアーセの陣地にいたんだろう？　それがどうして今ここに？　そんなことはあり得ない。悪魔にでも運んでもらわなきゃ不可能だ！」

連合軍は、すでにアウデナールデの北東でスヘルデ川を渡り始めていた。そこから北西二キロ地点にヴァンドームの陣がある。陣の右手は丘陵に守られている。三キロほど離れた背後にも丘陵が広がっている。その丘陵の上と麓にブルゴーニュ大公が陣を張っている。

連合軍は七万、仏軍は八万である。左翼にマールバラ、右翼にオイゲンの軍が展開し、そして向かって左側の丘陵にオラニエ公子とオウエルケルケ将軍のオランダ部隊が突撃を開始した。午

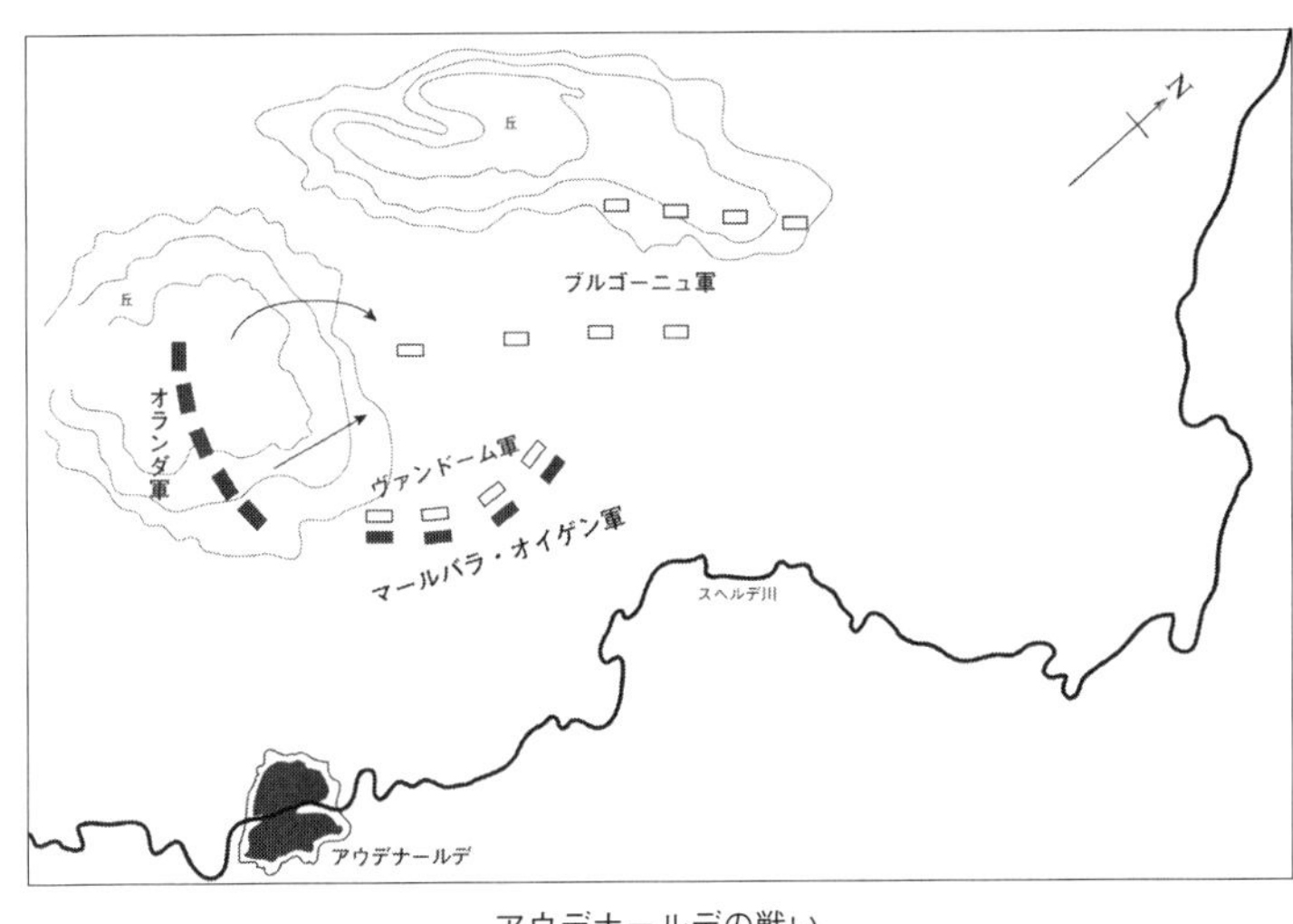

アウデナールデの戦い

後四時、両軍がぶつかった。

ヴァンドーム軍は連合軍の勢いに押されてじりじりと後退する。だが不思議なことに、ブルゴーニュ公の部隊が動かない。大半が丘の上に留まっている。本来なら、丘を駆け下りて、連合軍の右翼、すなわちオイゲン軍の右翼を攻めるべきなのである。だが、臆したのかヴァンドームへの腹いせか、高みの見物を決め込んだ。ヴァンドームは後にルイ十四世に皮肉を込めてこう書き送っている。

「ブルゴーニュ大公の部隊が、どうして六時間もの間、戦っているわれわれを、ただじっと見守るだけで満足していたのか全く理解できません。まるで、三階席からオペラを観るように、であります」

劣勢のヴァンドーム軍に南西の丘陵からオランダ部隊が攻め込んだ。一部は背後に回っている。

これでヴァンドーム軍は包囲されてしまった。指揮もへったくれもなく、彼自身剣を振るって戦わなければならなくなった。護衛の騎兵たちに守られながら戦っていると、突如目の前に敵将が姿を現した。やけに小柄だ。「このちびが！」と思って斬りかかると、軽くかわされて手首辺りを叩かれて剣を落とした。護衛に守られてその場を退避したが、「あのちびはひょっとしてあいつか？」と疑問が浮かんだ。だが考えている暇もなく別の戦闘集団に遭遇し、ヴァンドームは馬をやられて地上での近接戦に巻き込まれた。叩き上げの彼は、怯むことなく歩兵さながら、短い槍を巧みに操って戦った。

日が暮れるとともに雨が降り出した。次第に雨脚が強くなっていった。夜の帳と激しい降雨に紛れて仏軍は退却していった。午後十時、戦いは終わった。

逃げ遅れた大勢の仏軍兵士がさまよっているのを見たオイゲンは、ユグノーの将校を集めて命じた。

「仏軍の連隊名を叫ばせて仏軍兵士を集めて捕虜にせよ」

多数の敵兵を捕捉するというよりは、彼らを保護するためであり、また連合軍兵士による虐殺から守るためでもあった。その結果、八千名もが捕虜になった。その中にビロン伯がいた。彼はサン・シモン公爵に宛てた手紙で興味深い記述を残している。

「私は、ウジェーヌ公子の態度のほとんど国王にも相応しいような堂々たる様、マールバラ公の態度の恥ずかしいほどの吝嗇ぶりに驚かされました。彼はしばしば他人のテーブルで食事をしているのです。［……］将軍たちはみな、この二人の指導者を深く尊敬していますが、しかし全体的には、暗黙裏にウジェーヌを贔屓にしています。しかしマールバラ公は少しも妬む様子はありません」

「パリを攻め落とすべきだと思います」

マールバラは力強く言った。彼は戦勝で気を良くし、心身ともにすっかり快復して意気軒昂、やる気満々だった。

「途中の仏軍はどうしますか」

オイゲンが尋ねた。

「無視します。まっすぐパリに向かうのです」

マールバラは自信満々の体で言った。

「パリに到達したとして、その無視された仏軍が一団となってわれわれの背後に迫ったらどうしますか。ヴァンドームの軍も追ってくるでしょうし、今ドイツにいるベリックの軍も駆けつけるでしょう」

オイゲンは、突拍子もないことを考えるマールバラに呆れていた。

「そうなる前にパリを落とせばいいんですよ。パリはきっと手薄でしょうから……」

マールバラの口調が弱くなった。

「補給が難しいでしょう。距離がありすぎるし、途中を一ヵ所でも遮断されたら終わりですよ」

「いや、船舶を使えば問題ないでしょう。フランスの港に船を入れて、そこから補給するのです」

この人は地理に疎いのか、とオイゲンは思った。

「一番近い港でもパリまで二百キロあるんですよ。遠すぎます」

オイゲンはオランダの将軍たちに顔を向けた。

「確かにパリは遠すぎますな」

オウエルケルケ元帥が言った。

「私もパリ攻めには賛成できません」

オラニエ公子が言った。

「遠いといえば遠いですな。では、パリは諦めますか。いや、諦めるのではなくて後回しにしますか……」

マールバラはしぶしぶ自説を引っ込めた。

「では、次なる目標はどこですかな」

オウエルケルケが尋ねた。

「まずはリールを攻めましょう。リールはフランスの都市です。しかも大きくて重要な都市ですから、落とせばフランスにとって大きなダメージになるでしょう」

「しかしリールといえば、あの天才築城師と言われたヴォーバンの傑作ですよ。難攻不落、簡単には落とせないでしょう」

マールバラが異を唱えた。

「だから包囲攻城でいきます」

「包囲？　オイゲンにしては珍しい」

マールバラが意外そうな顔をした。

「相手次第ですよ。ただ、暇すぎて死んでも困るので、時々攻撃しますけどね」

オイゲンがにやりとして言った。

「暇で死ぬよりは戦って死にたいですからな」

オウエルケルケもにやりとして言った。

かくして、百二十門の大砲、六十門の臼砲、三千台の車両が、各地から駆り集められた一万六千頭の馬にひかれて西に向かった。

リールは極めて強固な城塞都市である。だが包囲には強くない、とオイゲンは見た。せいぜい三週間で十分であろう、そう見込んでいた。

農民一万二千人を雇って都市の周囲に塹壕を掘った。その距離は十五キロに及んだ。

リールを守備するのはブフレール元帥と一万五千人の兵士たちである。食糧の備蓄は十分である。老巧なブフレールは準備万端、慌てる様子は微塵もなかった。

一七〇八年八月初旬、連合軍は砲撃を開始した。といってもほんの挨拶程度で、午前中で終了した。

ライン戦線から戻ったベリック公がドゥエでヴァンドームと合流し、リール救援に向かった。ベリックはイングランド人で、十六歳ですでに皇帝軍に入隊してハンガリーでトルコと戦ってい た。つまり、一六八六年のブダ包囲戦や一六八七年のモハーチの戦いではオイゲンと一緒だった のである。彼はイングランド国王ジェームズ二世とマールバラ公の姉アラベラ・チャーチルとの 間に生まれた庶子で、名誉革命で父親とともにフランスに亡命していた。即ち、今や敵将となっ たマールバラ公は母方の叔父であった。

時折、ヴァンドームやベリックの部隊が攻撃をしかけてきたが、守備隊が応戦した。特に、オ イゲンの命を受けたフランツとピーターの部隊が、包囲陣から離れて待ち伏せし、敵部隊を側面 や背後から襲って撃退した。やがて彼らは来なくなった。

あまりのふがいなさに激怒したルイ十四世は、陸軍大臣シャミラールを派遣した。彼は、ヴァ ンドームとブルゴーニュ大公の喧嘩を終わらせ、一致団結して事に当たらせようと説得に努めた が不首尾に終わった。ベリックも負けずに自説を主張した。三つ巴のいがみ合いにシャミラール は閉口し、ルイ十四世にこう書き送るほかなかった。

「ひとりが白と言えば、もうひとりは黒と言います。私の言うことなど誰も聞きません……」

九月になった。一ヵ月経っても籠城軍は音を上げなかった。オイゲンはしびれを切らし、しば しば襲撃をかけるようになった。九月末、そのような戦闘のさなか、一発の跳弾がオイゲンの額に当たった。オイゲンはその場に倒れたが命に別状はなく、三日間指揮をマールバラに委ねただけで済んだ。

十月に入って二ヵ月が経っても敵は持ちこたえていた。むしろ連合軍に焦りと動揺が生じ始めた。糧秣が残りわずかになり、穀物を求めてはるか遠方まで捜索隊を出さねばならなかった。冬が来れば撤退を余儀なくされる。誰もがこの作戦は失敗に終わるのではないかと思い始めていた。

「木の葉が色づいてますな……」

マールバラが暗い表情で言った。再び精神的に落ち込んでいた。

「ええ。秋ですなあ。冬遠からじ、ですよ」

オイゲンがしみじみとした口調で応えた。

「連中がまさかここまで頑張るとは思いもよりませんでしたよ、敵ながらあっぱれではありませんか」

「ええ、見上げたもんです。さすがブフレールです。ヴァンドームではこうはいかなかったでしょう。しかし、そろそろじゃないですか、この我慢比べも。冬の籠城は厳しいですから……」

オイゲンが予想したとおり、一週間後の十月二十三日、ついにブフレールは白旗を掲げた。彼は四千五百名の将兵を引き連れて市外の城塞に退いた。オイゲンとブフレールが会見し、仏軍は十二月九日に完全に退却していった。

スペイン領ネーデルラント、フランドル、さらにリール周辺のフランス領までもが連合軍の手に落ちた。パリが脅威に曝される事態になった。宮廷に動揺が走った。ルイ十四世の驚愕と無念はいかばかりだったか。

「あのソワソンのお嬢さまと揶揄されたウジェーヌがここまでやるとは夢にも思わなかったわ。あんな小僧にやられるとは！」

ルイ十四世は妻子の前にもかかわらず文字どおり悔し涙を流した。

さすがのフランスも金庫は空になり、戦意も喪失した。ルイはオランダに和平の仲介を頼んだ。オランダはこれを受け入れて、デン・ハーグで交渉が行われることになった。オイゲンが皇帝側の代表に選ばれた。しかし、雪に閉ざされたウィーンから出ることができなかった。その冬はヨーロッパ中が雪と氷に覆われていたのだ。

ようやく春の日差しが感じられるようになった三月下旬、出発を前にしてオイゲンはフランツとピーターを夕食に誘った。暖房の効いたレストランの個室でよく食べてよく飲んだ。

オイゲンは二人に連合国側の要求について説明した。

「それでフランスはこっちの要求を呑むと思うか」

ピーターがオイゲンに尋ねた。

「フランスにとっては受け入れがたい要求だ。フランスが奪い取った帝国内の領土の返還は受諾するだろうよ。だが、問題はスペインの譲渡だ。ルイが認めても、孫のフィリップが拒否したらどうなる？」

逆にオイゲンが訊いた。

「フィリップが拒否するってのは考えなかったな。さて、どうなるか……」

ピーターが答えに窮していると、

「ひょっとして爺さんと孫の戦争になったりして……」

フランツが冗談めかして言った。

「そこに、われらのカールがルイの援護に参戦するとか」

ピーターが顔に皮肉な笑いを浮かべて言った。

ルイ王の孫アンジュー大公がフィリップ五世としてスペイン王に即位した直後、オーストリアは皇帝レオポルト一世の次男カールをスペインに送り込んだ。カールはバルセロナでスペイン王を名乗り、オーストリアの軍隊と海上諸国家の艦隊が守護していた。

「そこなんだ、問題は。ルイ爺さんが孫との戦争をやれるかって言ったらやれないだろうな。しかし、われわれはそれを要求しているんだ。難しいな……」

オイゲンの顔が曇った。

「すると、戦争続行か？」

フランツが言った。

「いや、フランスにその力は残ってないだろう。それに、この厳冬が追い打ちをかけた。軍隊では食糧難で暴動が起きているというし、ヴェルサイユでは燕麦のパンを食べているらしいからな。

そういえば、金の食器を売ったという噂もあるな。ルイも頭が痛いだろうよ。でも分からないぞ。あのルイだからな……」

「連合国代表のオイゲンの責任重大だな」

フランツが茶化すように言った。顔が笑っていた。

「オイゲンの腕の見せ所じゃないか」

ピーターも可笑しそうに笑いながら言った。

「おれの腕と言っても、剣を持ってなきゃ全然役に立たないからな。おれは外交官じゃないんだから。全くいい迷惑だよ」

「もてる男は辛いな」

フランツが同情するような素振りを見せた。

「では、われらが外交官オイゲンの成功を祈って乾杯しよう！」

ピーターが言ってグラスを掲げた。

「乾杯！」

オイゲンも苦笑いしながらグラスを合わせた。

一七〇九年四月初旬、オイゲンとマールバラは相次いでデン・ハーグに到着した。二人は同じ家に滞在して精力的に動いた。オランダも彼らを支援した。

フランス代表はルイレである。ルイ十四世はさらに外務大臣のトルシー侯を送り込んだ。オイゲンとマールバラはこの二人を相手に交渉を重ね、「フランスの同意はほぼ間違いありません」とオイゲンがヨーゼフに報告したように良い感触を得た。もう誰も戦争の継続は望んでいなかった。

五月末、連合国側からフランスに四十二ヵ条の平和条約案が渡された。ルイ十四世は第三十七条を読んで激高した。そこには、フィリップがスペインの譲渡を拒んだ場合、ルイ十四世が武力をもってフィリップをスペインから追い出さねばならないと記されていた。絶対に受け入れられない。ルイは秘書たちの前で声を荒らげた。

「何だ、これは。こんなもの話になるか。このおれにフィリップを討てと命ずるのか。このおれを愚弄するつもりか。おのれウジェーヌめ、許さんぞ！　目にもの見せてくれるわ！」

ルイ十四世は文書を丸めて床に投げつけた。

第三十七条はオイゲンの発案ではない。オランダの要求だった。オイゲンは懸念を抱いたが、反対はしなかった。マールバラも同様だった。

「回答は〈否〉です」

トルシーが落ち着いた声で言った。

「否？」

オイゲンとマールバラがほとんど同時にうわずった声を上げた。予想外の回答だった。二人とも唖然とし、開いた口が塞がらなかった。

「そうです。否です」

トルシーは冷静だった。

「では、戦争継続ということですか」

オイゲンが尋ねた。

「それは、あなた方次第です。あなた方が戦争を欲すれば戦争になるでしょう。そういうことでしょう」

トルシーの口調が強くなった。

「なるほど。分かりました」

オイゲンのこの言葉で会談は終了した。

「やはり第三十七条を入れたのは失敗だったか……」

オイゲンはつぶやくように言った。

「また戦争ですか……」

マールバラは力なく言った。落胆を隠せなかった。

「フランスはモンスターのようなものだ。その頭がルイなのだ。今ここで叩き潰さなければ、必ずいつかまた暴れ出す。今やらねばならない。本当に最後の決戦になるだろう。いや、そうしなければならない、今度こそは……」

オイゲンは自分を鼓舞するように言った。

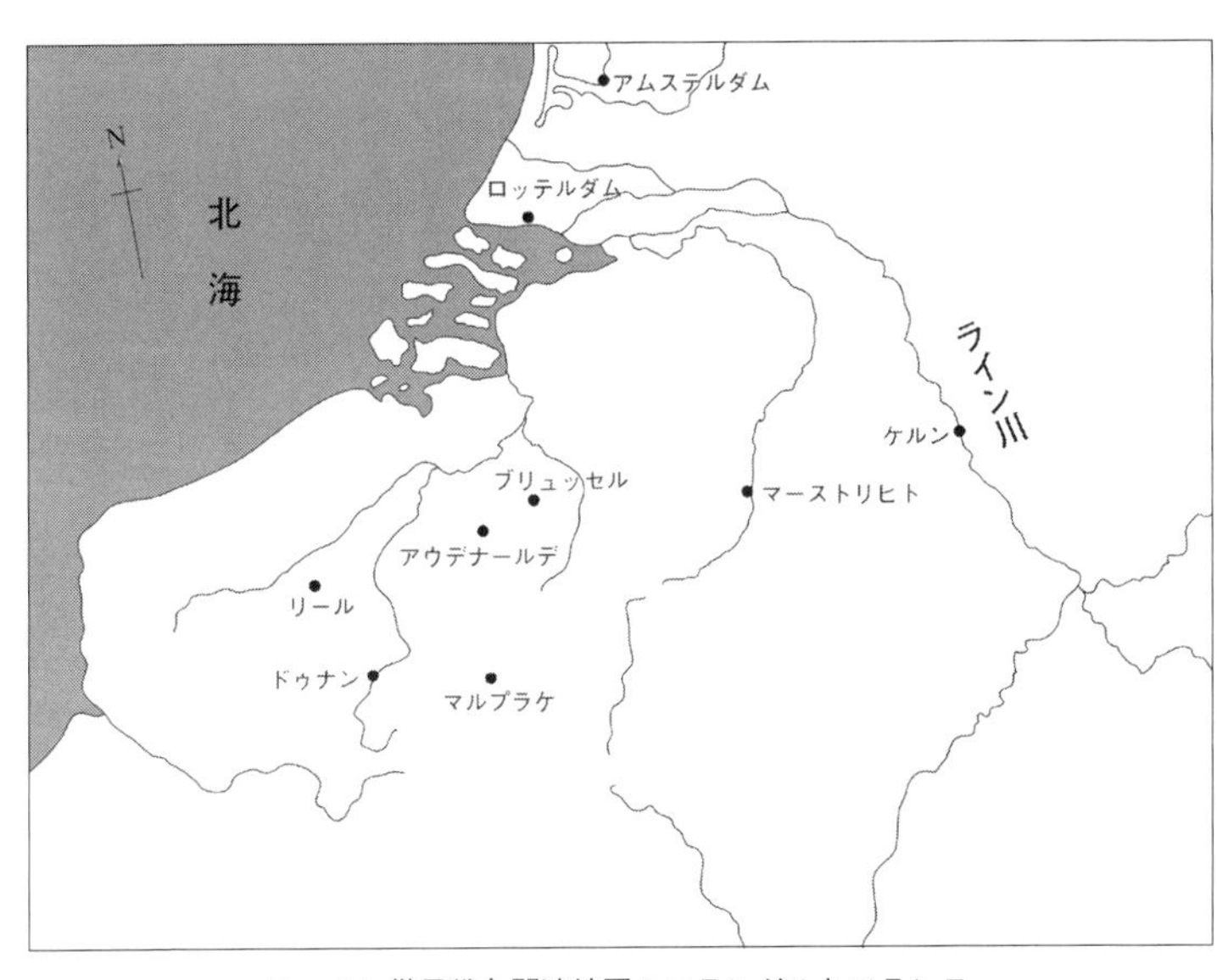

スペイン継承戦争関連地図：フランドルとフランス

ルイ十四世が戦争継続を決断できた裏にはそれなりの理由があった。その第一は、スペインから大量の銀が送られてきたことだ。これで戦費の調達に目処がついた。次に、皮肉なことに、食糧難からパン一個のために入隊を希望する者が引きも切らず、兵員の確保にも目処がついたからであった。

ルイ十四世は、主戦論者のヴォアサンとヴィラールをそれぞれ陸軍大臣と陸軍総司令官に任命した。ヴィラールは清廉潔白とは真逆、誠実さの欠片もなく、人望皆無であったが、戦術家としての実力は並外れていた。また彼はオイゲンを早い段階から高く評価していた。彼がマクス・エマヌエルの指揮下で対トルコ戦争を戦っていたとき、オイゲンについてこう語っている。

「オイゲンは非常に勇敢であるとともに理

知的であり、かつ才能に富み、知識欲旺盛で、良き将校になろうと努力しているので、彼がそうなるのは確実であろう」

一七〇九年七月、連合軍はトゥールネを包囲した。トゥールネはリールの二十五キロほど東にあるフランドルの町である。この夏は雨天が続き、塹壕を掘ってもすぐに泥濘と化す有り様であった。長い膠着状態の末、二ヵ月後の九月三日にようやく陥落させることができた。

ヴィラール公爵

一方、ヴィラールは着々と準備を重ねていた。トゥールネの南東数十キロのマルプラケ村で防御を固めつつあった。マルプラケはフランスの村である。ヴィラールは二つの大きな森を利用することにした。その間の畑地に伐採した木材などでバリケードを築いた。しかも、前後三列、三重のバリケードをこれまた三重に敷いた。さらに各所に小規模なバリケードを置き、森の中にも設置した。もちろん塹壕も張り巡らした。

連合軍の兵力は九万、砲百二十。仏軍は八万、砲九十。スペイン継承戦争において初めて連合軍が仏軍に対して数的優位に立ったのである。

九月十一日早朝、連合軍は敵地を偵察した。午前八時、オイゲンの軍が右側の森へ、オラニエ公子の軍が左側の森に突入した。中央のマールバラの軍は砲撃を開始した。仏軍が応射して砲撃戦が開始された。

森の中でもすぐに銃撃戦が始まった。敵はバリケードを掩蔽に使って撃ってくる。連合軍兵士たちも樹木に身を隠しながら、地に体を伏せながら応射する。オイゲンはバリケードの切れ目から突入するよう命ずるも、何度も跳ね返される。指揮しながら突撃しようとしたときに激しい銃撃を浴びせられた。銃弾が顔の横をかすめる。とっさにレヴァーデ（馬を後ろ足で立たせる技法）で防ぐ。盾にされた馬は首から胸にかけて銃弾を浴びて倒れた。地面に叩きつけられて立ち上がった際、後頭部に衝撃が走った。再び倒れる。衛生兵が駆け寄る。左耳の後ろから激しく出血している。

「応急手当をします！」

衛生兵が叫んだ。

「いや、いい。これしきで死にはせん。戦闘が終わったら時間はたっぷりある。その時に頼む！」

オイゲンは替えの馬にまたがると、「前進！」と叫びながら敵陣に向かっていった。

正午をすぎた頃、ようやく敵の勢いに陰りが見え始めた。オイゲンはフランツとピーターの部隊に、いったん森の外に出てから敵の背後を突くよう命じた。オイゲン得意の挟撃戦法だ。

オラニエ公子も苦戦していた。しびれを切らした彼は一気に攻勢をかけたが、それが裏目に出て多数の兵士を失っていた。彼自身は無事だったが、馬を二頭やられていた。午後に入っても敵

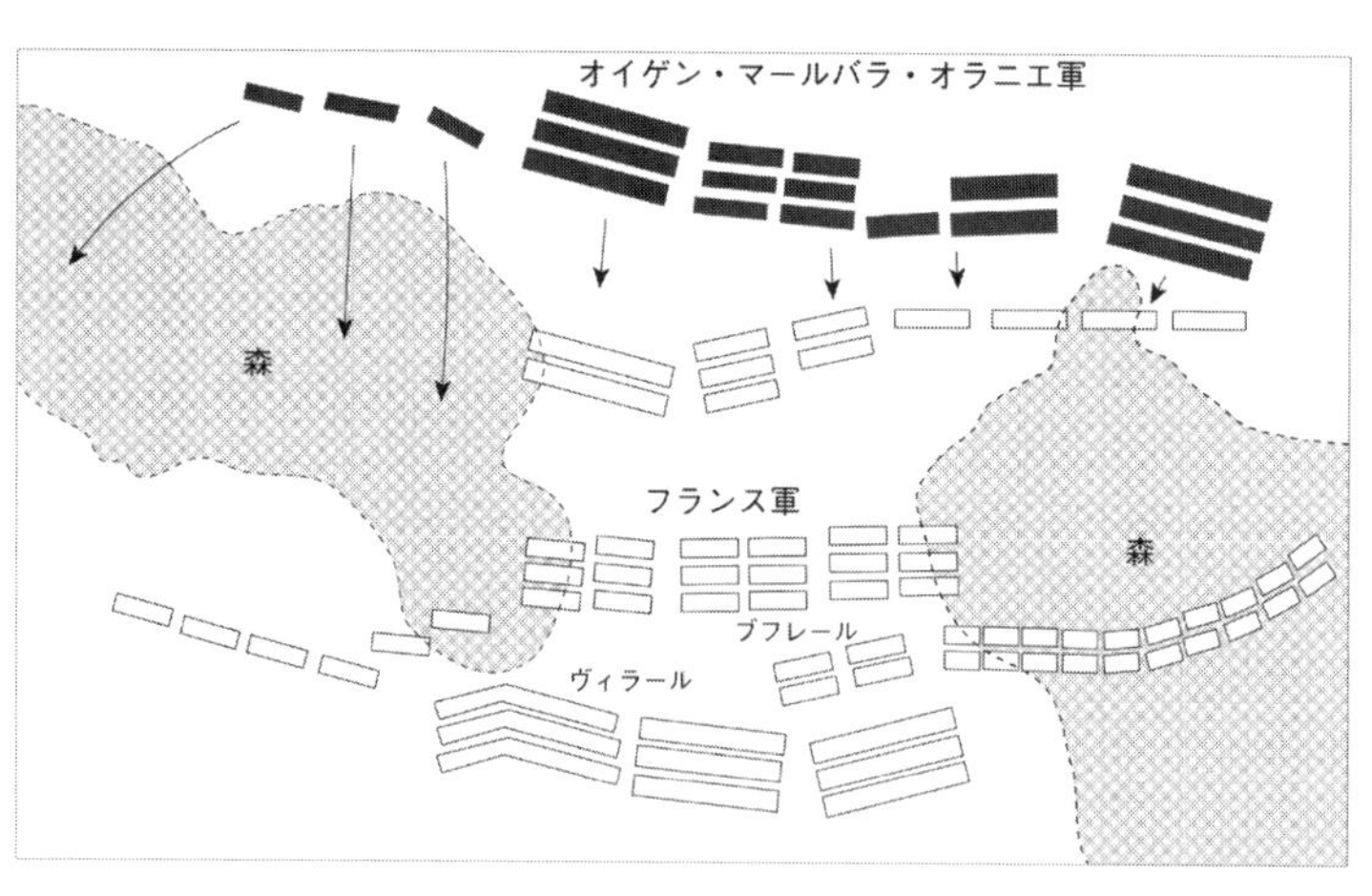

マルプラケの戦い

を後退させられなかった。

マールバラも敵陣に迫っていたが、第一バリケードすら突破できなかった。第一バリケードは左右の間が大きく開いていたが、それは罠であって、そこに突入を試みると地雷と銃撃と手榴弾が待っているのだった。

フランツとピーターの部隊は再び森の中に入ると敵を側面と背後から攻撃した。挟撃された敵は中央へと押し出された。ヴィラールは隊を再編すると果敢に攻撃に打って出た。その際、左膝に被弾して倒れた。駆けつけた衛生兵が彼を後方に搬送する。

「ブフレールを呼べ！」

ヴィラールは叫んだ。

「元帥、大丈夫ですか」

駆けつけたブフレールはヴィラールの蒼白な顔を見て驚愕した。

「大丈夫だ。これしきで死にはせん。せいぜい脚一本失うだけだ。いいか、部隊を後方に下げてまとめろ。

最後のバリケードを死守するんだ。日が暮れるまで持ちこたえるんだ。行け！」

ブフレールは兵を下げた。マールバラ部隊が第一バリケードを突破した。オラニエ公子の部隊も森の中から出ると、敵右翼を攻撃した。オイゲンの部隊も迎撃に出た敵部隊を中央へと押し出した。仏軍は第三バリケードで激しく応戦する。だが徹底抗戦すれば、それだけ損害は大きくなる。敵に背後に回られれば退路を断たれ、壊滅させられる。機を逸してはならない。そう判断したブフレールは撤退を決断する。巧みな指揮ぶりを発揮して、また連合軍に追撃する力が残っていなかったことも幸いして、彼は撤退を成功に導いた。連合軍の死傷者は二万三千、仏軍は一万三千。勝ったとはいえ、連合軍の損失の方がはるかに大きかったのだ。

死傷者は至る所に倒れていた。負傷者の呻き声は夜通し続き、数キロ先まで聞こえるほどだった。負傷者を搬送し、死体を埋めるのに三日を要したのであった。ハノーファー軍の将軍イルテンは後にこう述べている。

「一七一八年、私はもう一度戦場を訪れたが、農民たちは、長い間畑に肥料を施す必要がなかった、と話してくれた」

マールバラはあまりに多くの死傷者を見たために鬱状態に陥っていた。

「これでルイは和平を望むでしょうか」

マールバラは力なく言った。

「だといいんですが……」

オイゲンは望み薄だと思っていた。

一ヵ月が経ち二ヵ月が経っても、フランスからの提案はなかった。ヴェルサイユは沈黙していた。不気味な沈黙だった。

ルイ十四世はマルプラケを負けとは思っていなかった。人的損失の多寡では勝っているのだ。

「ヴィラールもブフレールもよくやった。決して負けではない」

彼は両将軍の健闘を讃え、希望をつないだ。

一七一〇年四月、オイゲンは再びデン・ハーグに赴いた。フランスが交渉のテーブルに着いたのだ。だが、結果は前年と変わらなかった。戦争への道しか選択肢はなかった。

連合軍はフランスの町ドゥエを包囲した。ドゥエは六月末に陥落し、次々にフランスの小都市を占拠していった。しかし、チフスなどの疫病が蔓延するに及んで戦争の継続は不可能になった。

一方、ヴィラールは対戦を避けて、防衛線の構築に専念していた。彼の左膝には鉄製のサポーターが装着されていた。傷が化膿して切断もやむなしとなったとき、彼は医師たちを拳銃で威嚇しながら叫んだ。

「切断なんかしてみろ、おまえら全員撃ち殺してやるぞ！」

大柄な体を手術台にしっかりと固定されたヴィラールは、医師に化膿した肉を切除される間、大量のブランデーを飲み続けて激痛に耐えていた。

一七一一年四月七日、皇帝ヨーゼフ一世が病に倒れた。天然痘と診断された。オイゲンがオランダに旅立つ前日、四月十六日、皇帝に別れを告げようとしたが、感染を恐れた皇帝はその必要を認めなかった。その翌日、ヨーゼフは死んだ。三十二歳だった。

弟のカールが後を継ぐことになった。十七歳でスペインに送られてから八年経っていた。九月二十七日、英国船でバルセロナを出港して十月十二日にジェノヴァに着いた。丁度その日、彼はフランクフルトで行われた皇帝選

カール6世

挙でカール六世として神聖ローマ帝国皇帝に選出された。

新皇帝と大臣たちの会議がインスブルックで行われた。オイゲンもデン・ハーグから参加した。イングランドの離反を防ぐためにオイゲンを派遣したらどうかということになった。政権を取ったばかりのトーリー党は和平を志向していたし、女王アンもマールバラの妻サラと喧嘩別れしてマールバラ解任と和平に傾いていた。スペイン保持に拘る皇帝カールはオイゲンに期待した。

「イングランドでもおまえの人気は絶大だろう。世論を動かせば彼らの考えも変わるかもしれん。オイゲン、頼んだぞ」

カールの声と口調は父親のレオポルト一世によく似ていた。顔もそっくりだった。

フランクフルトでの皇帝の戴冠式が終わると、オイゲンはデン・ハーグに戻った。

第八章　ロンドンへ、そして敗戦と講和

ラシュタットの講和会議

イングランドの和平論者たちはオイゲンの訪英を恐れていた。彼らは反戦・反オーストリアの主張を展開し、派手な宣伝活動を繰り広げていた。オイゲンが来る前に済ませてしまえと、十二月三十一日にマールバラを解任した。後任にはオーモンド将軍を充てた。ロンドンでは平和主義者がオイゲンの命を狙っているなどとデマを流して、オイゲンの訪英を留まらせようと躍起になっていた。

「オイゲンに船を提供するなとイングランドの連中が言っているそうですが……」

オイゲンの甥のオイゲンが言った。甥のオイゲンは長兄ルイ・トーマの息子で二十歳、皇帝軍の連隊長に採用したが、その才能は叔父のオイゲンの足下にも及ばなかった。

「困るんだな、そういうこと言われると。連中には人を見る目ってものがないのかね。では、明日出航する」

「明日？」

「そうだ、明日だ」

一七一二年一月八日、二人のオイゲンと随員一行はロッテルダムにいた。ヨットでイングランドに渡ろうというのだ。

「天気が悪くなりそうです。嵐になりますよ。延期した方がいいんじゃないですか」

船長が言った。

「嵐の海を乗り越えていくなんて格好いいじゃないか。われわれにぴったりだ。行ってくれ」

「じゃあ出しますがね、命の保証はできませんよ」

「結構、大いに結構。いざ、出航だ！」

オイゲンは勢いよくヨットに乗り込んだ。

案の定嵐になった。冬の嵐と格闘して八日後の一月十六日、老オイゲン以外は船酔いと死の恐怖で顔面蒼白、死人同然の体でテムズ川に入った。「ユージーン来たり！」の報が瞬く間に広まり、グリニッジもロンドン塔の辺りも、世紀の英雄を一目見ようと群衆が押し寄せていた。そこで上流のホワイトホールへ行き、夜霧に紛れて上陸し、馬車でオーストリア大使公邸のレスターハウスに向かった。すぐにマールバラもやって来た。罷免されたマールバラは気落ちしていたが、オイゲンを見るや元気を取り戻し、一行の無事到着を祝って杯を重ねた。

人気は想像を絶していた。馬車に乗って出れば大群衆が後を追い、時には囲まれて身動きできなくなる。レスターハウスには人が詰めかけて床が抜けそうになる。オペラハウスに行けば満員の観客が総立ちになって「フレー！　フレー！　フレー！」と大歓声を上げる。オイゲンがびっくりしていると、マールバラが「あれは礼砲のようなものですよ。オイゲンが来てみんな喜んでいるんです」と説明するのだった。

あっちこっちに引っ張り出され、婦人たちの集まりにも律儀に顔を出した。ただ彼女たちはオイゲンを見ると途端に関心を失うのだった。ポートランド公爵邸で催されたホイッグ党あげてのパーティーでは、オイゲンが大の苦手にしている舞踏を楽しむ時間も設けられた。ポートランド公爵夫人がオイゲンを誘うと、彼はこう答えた。

「私はハンガリーの軽騎兵ダンスしか踊れないんですよ」

「あら、そう。残念ですわ。私はそのダンス踊れないんですのよ」

公爵夫人は自席に戻ると隣の婦人にささやいた。

「あの方、壁のシミになっているから声をかけてあげたのに、失礼しちゃうわ。ハンガリーの軽騎兵ダンスって何よそれ。見たことも聞いたこともないわ。ねえ、奥さま。だいたい婦人の誘いを断るなんて、何て礼儀知らずなんでしょう。見てのとおり野暮な人だわ。それに、変に臭いのよ。もし踊っていたら窒息死していたところよ。踊らなくて本当に良かったわ」

オイゲンもほっと安堵していた。

「危ないところだった。あんなに胸の大きな女と踊ったりしたら窒息させられていたからな。踊らなくて本当に良かった」

オイゲンは百も承知だったが、政治的な成果は皆無に等しかった。女王との会見は時間も短く、彼女の態度はよそよそしかった。政治指導者たちにも政治的な話題は徹底的に避けられ、マールバラの復帰を働きかけてもにべもなく断られる始末だった。イングランドにおける厭戦気分は予想外に強かったのだ。

若いオイゲンが急に体調を崩した。天然痘だった。グラフトン博士宅で治療を受けていたが、三月七日に永眠した。遺体はウェストミンスター寺院のオーモンド家の墓所に葬られた。

オイゲンは三月末にロンドンを離れたが、イングランド政府はフランスとの講和を希求しているとの確信を得ていた。このままではイングランドの連合国離脱は時間の問題であった。戦争を続けて勝利する、それによってイングランドを引き戻し、かつフランスに譲歩させる。オイゲンは早速準備に取りかかった。

皇帝軍を増員するためにハンガリーとラインから部隊が移動させられた。ハンガリーで反乱軍と対峙していたフランツとピーターの部隊も千数百キロを行軍してきた。グイード・シュターレンベルクはスペインでフィリップの軍隊と戦っていた。

オイゲンは北フランスの城塞都市を次々に攻略する作戦に出た。七月四日にル・ケノワを包囲戦の末に占拠し、七月十七日にランドゥルシーの包囲に向かった。だが、丁度その日、イングランドはフランスと停戦協定を結んだ。イングランドの総司令官オーモンドは一万二千の軍勢を率いて去っていった。しかし彼の指揮下にあったプロイセン、ハノーファー、ザクセンのドイツ人部隊とデンマーク人部隊はオイゲンのもとに残った。包囲戦の一方、オイゲンはピーターの部隊とハンガリー軽騎兵の部隊に、よりパリに近い地域を襲わせた。パリはこれに怯えた。さすがのルイもパリ脱出を考えざるを得なくなった。

ヴィラールはどうしていたのか。彼はマルプラケと同様の作戦を立てていて、開戦に備えて防衛基地の構築に余念がなかった。そこに偵察兵が極めて有益な情報をもたらした。即ち、スヘルデ川上流域の橋頭堡ドゥナンの守りが手薄で、一万一千のオランダ兵しかいないというのだ。しかも彼らは油断していると。

七月二十四日、ヴィラールは当地を急襲した。全く予期していなかったオランダ部隊は泡を食って逃走した。指揮官アルベマール以下四千名が捕虜になった。急を聞いてオイゲンが救援に駆けつけた時には唯一の橋がすでに落とされていた。ヴィラールはさらにマルシャンヌにあった連合軍の補給基地をも占領した。これで連合軍の補給線が切断されたことになった。

オイゲンは平静を保ち、オランダ軍に対する怒りも抑えていたが、側近には本音を語った。

「オランダ軍の上から下まで蔓延している怯懦と優柔不断が原因なのだ。イングランドが抜けた今、オランダがこれでは戦えるわけがない」

フランスにとっては小さな勝利、連合軍にとっては小さな敗北でしかなかったが、後にナポレオンが「ドゥナンはフランスを救った」と述べたように、仏軍の意気は大いに上がり、逆に連合軍のそれは下がり、特にオランダ人の戦意を削いだのである。

ヴィラールは勢いを駆ってドゥエ、ル・ケノワ、ブーシャンを奪回した。オイゲンはリールへと撤退を余儀なくされた。秋が来て両軍は冬営地へと移動し、オイゲンは十二月九日にウィーンに戻った。

一七一三年四月十一日、イングランド、オランダ、サヴォワ、ポルトガル、プロイセンはユトレヒトでフランスとの講和条約に署名した。皇帝もプロイセンを除いたドイツ諸侯も、フランスの、特に、フェリペ（フィリップ）五世をスペイン王として正式に承認するという要求を呑むことはできなかったのである。

「皇帝はおれに戦争をしろと言うんだ。海上諸国家の支援なしに、つまり兵も金も艦隊の支援もなく、ドイツ諸国家だってあてにならないのに戦えと命じたのだ」

オイゲンは憤懣やるかたなかった。

「スペインから来た大臣たちはどうなんだ？」

フランツが訊いた。

「連中は皇帝の言いなりさ。一心同体だよ」

「勝算はあるのか」

ピーターが訊いた。

「金があれば……。だが、それが難しい。おれがいつも言っているように金がなければ戦はできないんだ。ドングリを食え、草を食えと言うのか、おれたちは豚じゃないし羊でもないんだ！人間なんだ！」

オイゲンにしては珍しく怒りをあらわにした。

「で、やれと言われて、いったいどこでやるんだ？　もうフランスに攻め入るわけにはいかないだろう」

フランツが疑問を呈した。

「エルザス（アルザス）かロートリンゲン（ロレーヌ）を攻めるか？」

ピーターがオイゲンの顔を覗き込んだ
「まあ、その辺りになるだろうな。ヴィラールの身になって考えれば、その辺からこっちに攻め込んでくるだろうよ。ラインを挟んでの戦争になるな」

「ヴィラールの奴、今頃良い気分でいるだろうな。フランスじゃ勝った勝ったと大騒ぎだったっていうじゃないか。たまに勝つとこれだからな」

フランツが口をへの字に曲げて肩をすくめた。

「さぞかし溜飲が下がったんだろうよ」

ピーターが言った。

「今度はどっちが勝っても大勝はない。僅差の勝負だ。ということは？」

オイゲンが二人の顔を交互に見た。

「何も変わらないと？」

フランツが訊き返した。

「そうだ。何も変わらんよ。つまりは、無駄な戦争ってことさ。ルイもカールも大馬鹿者だよ」

「その大馬鹿者に乾杯するか。いや、それじゃあ変だな。大馬鹿者の地獄堕ちに乾杯するか」

フランツが二人の顔を覗き見た。

「おお、それいいね」

ピーターが即座に反応した。

「では、大馬鹿者のルイとカールの地獄堕ちに乾杯！」

珍しくオイゲンが音頭を取った。

「乾杯！」


一七一三年五月二十三日、オイゲンはカールスルーエ近郊にあるミュールブルク城に到着した。

軍勢は六万六千、思っていたよりも多い。だが、ライン川の対岸に陣を敷くヴィラールは十三万で、圧倒的優位に立っていた。

「これは戦にならんな」

オイゲンはつぶやいた。

ヴィラールはあっちこっちに部隊を送り込んで皇帝軍を翻弄させた。

「敵は的を絞らせないな」

フランツが困惑顔で言った。

「さすがヴィラールだ。大軍に物を言わせて一挙に片をつけるなんてことはしない」

オイゲンは腕を組んでライン川が流れる西方を睨んでいた。

「ひょっとしてヴィラールもこの戦争が無駄だと思っているのかもしれないな」

ピーターも腕を組んでオイゲンと同じ方向を見ていた。

「それは大いにあり得る。小競り合いのまま秋を待つつもりかもしれん。われわれもそれに付き合うか……」

八月二十日、カールスルーエ北方のランダウが包囲の末に陥落した。さらにフライブルクが包囲され、十一月一日に占領された。

皇帝が約束した八百万グルデンはたったの一万グルデンに収縮した。

十月十八日、オイゲンは五十歳になった。ささやかな祝宴が開かれた。

「やっぱりこれだよ。親父のレオポルトよりも悪質だ。約束の八百分の一だからな。そのくせ戦争をしろと言う。滅茶苦茶だ」

「兵たちは茸やドングリを採取し始めましたぜ。そろそろ終わりにしないと……」

フランツがオイゲンの横でささやくように言った。

ウィーンはペストの蔓延に苦しんでいた。冬が終わるまでに一万人が死ぬほどであった。フライブルクの陥落も意気消沈させるに十分だった。皇帝カールもさすがに折れた。ルイ十四世も七十五歳になり、十二年も続いた戦争に倦いてきていた。そろそろ潮時だった。プファルツ選帝侯が仲介する形で平和交渉が行われることになった。

カールスルーエとバーデン＝バーデンの間にある小都市ラシュタットに、バーデン辺境伯ルートヴィヒが建てた宮殿が交渉の場になった。一七一三年十一月二十六日、オイゲンとヴィラールはそれぞれ百人ほどの随員を引き連れて宮殿に入った。オイゲンは右翼をヴィラールは左翼を宿所とした。

「ウジェーヌ、元気そうだな」

ヴィラールが先に口を開いた。大きな丸い目でオイゲンを見つめた。

「ああ、何とかな。ところで、脚は切ったのか」

「ああ、結局悪化して切らざるを得なくなった。しかしな、これでもけっこう歩けるんだよ。まあ、慣れだな」

ヴィラールは左膝の上で脚を切断していた。義肢を装着して杖を突いて歩いていた。

「おれは、あの時、後頭部に鉄砲玉を食らったんだ。掠っただけで済んだけどな、下手したら今頃ここにはいなかったさ」

「おまえは悪運が強いよ。滅多なことでは死なないよ」

「おまえの方が強そうだけどな」

「いやいや、それはない。ところで、交渉だが、おれとおまえの仲だ、小細工や駆け引きはなしでいこうや」

「ああ、それがいい」

二人はトルコとの戦争を一緒に戦った。スペイン継承戦争が始まる前、ヴィラールはフランス大使としてウィーンにいた。よく一緒に飲食し、またカードで遊んだ。戦友にして遊び仲間でもあった。ヴィラールの方が十歳上である。

交渉では互いに熱くなることもあったが、夜は食事に招待し合い、またカードで遅くまで遊んだ。

「おれはな、ハンガリーでトルコと戦っている時にすでにおまえに注目していたんだ。こいつは偉くなるなと。しかし、ここまでとはさすがに思わなかったがな」

食後のコーヒーをすすりながらヴィラールが言った。

「おれもおまえの勇猛果敢ぶりには注目していたよ。凄い奴がいるなと。こういう奴を敵に回したくないなと思っていたんだけどな……」

「ところで、ウジェーヌ、おまえはこっちじゃオイゲンと呼ばれているけど、どうなんだ？　違和感はないのか？　もうすっかりオイゲンになっちまったか」

「そんなこと考えたこともなかったが、そうだな、どう呼ばれようと、おれはおれだからな、どっちでも同じだ。ウジェーヌとして生まれ、オイゲンとして生き、エウジェーニオとして眠るってところかな」

「なるほど、うまいこと言うな。すばらしい要約だ。すると、最後はトリノに行くというか、先祖の地に帰るっていうことか」

「トリノが包囲されていたとき、ヴィクトル・アマデウスと一緒にスペルガという山に登ったんだけどな、美しかったんだよ、トリノが。ここがおれの故郷なんだなって思えたのさ。だからってそこに葬られたいってことでもないんだがね」

「いや、そういう場所があるっていうのはいいことだ」

交渉は、短気で性急なヴィラールに比べて冷静沈着なオイゲンのペースで進められた。

一七一四年一月、条約の草案が作成された。ウィーンの皇帝は若干の譲歩をしたものの、おおむね満足だった。ヴェルサイユの王は不満たらたらでヴィラールを叱責した。

交渉人二人は一計を案じた。オイゲンは最後通牒を突きつけるとラシュタットを去ってシュトゥットガルトに移った。ヴィラールは、ルイ王が拒否するなら自分は交渉人を辞める、さらに陸軍総司令官も辞めると脅しをかけた。ルイは譲歩せざるを得なかった。

一七一四年三月六日、ラシュタットに戻ったオイゲンとヴィラールは平和条約に署名した。スペインの領有はならなかったが、ハンガリー、南ネーデルランド、ミラノ、マントヴァ、ナポリとサルデーニャを領有できたのはオーストリアにとって大いに慶賀すべきことであった。特にサルデーニャは旧に復したバイエルンに与えられるはずだったからである。ただ、シュトラースブルクとエルザスの返還はならなかった。

署名後、二人は祝杯を挙げた。

「おまえがルイを追い込んだのさ。あの悪魔を何十匹も従えているような男に譲歩させたんだから、大したもんだよ」

ヴィラールが言った。

「ルイはさぞおれを憎んでいるだろうな」

「ああ、憎んでいる。おまえにはずっとやられっぱなしだったからな。自分は無敵だと思っていた男にそうではないと思い知らせたのもおまえだ。おまえの功績だよ。でもな、ウジェーヌ、あいつはおまえを愛してるよ。おれには分かるんだ」

「そうかな……。おれがパリを逃げ出してフランクフルトで追いつかれたとき、追っ手の話では、ルイ王はウジェーヌの小童はどうでもいいと言ったそうだ」

「それだよ。コンティよりもおまえに逃げられたことの方が痛かったのさ。それだけ怒りが強かったということだ。あれはな、意外と不器用な男なんだ」

「おれの願いを聞き入れてくれなかったぞ、彼は。おれを拒絶したんだ。しかもおれを小馬鹿にしたような言い方をした」

「おまえを不憫だと思っていたのさ。軍隊なんぞに入れて辛い思いをさせたくなかったんだよ。誰もおまえがここまで活躍するなんて想像もできなかったんだからな。彼だってそうだったんだ。おまえを馬鹿にしたり嫌ったりしてたわけじゃない。もう赦してやれ」

「もの凄く怖い人だったけど、尊敬もしてたし憧れてもいたよ、おれだってな。それに、親父が死んでからは、父親のようにも思っていたんだ」

「それを聞いたら彼も喜ぶだろう、きっとな」

「彼に乾杯するか」

「ああ、そうしよう」

「では、ルイ王の健康を祈念して乾杯！」

「乾杯！」

平和条約は一七一四年九月七日に成立した。その後しばらくしてヴィラールからオイゲンのもとにオイゲンを描いた肖像画が届けられた。添えられた手紙には「長年にわたる真の友情の証として」とあり、さらにルイ王がオイゲンの挨拶の言葉に「感謝していることを伝えてほしい」と述べていたと記されていた。翌一七一五年九月一日、オイゲンとヴィラールの「健康祈念」にもかかわらずルイ十四世はヴェルサイユにて没した。

第九章　またもやトルコと、穏やかな日々、最後の仕事

ベルヴェデーレ宮殿から見たウィーン

一七一六年六月末、オイゲンはレン通りにあるバティアニー邸にいた。バティアニー伯爵夫人エレオノーレと他愛ないおしゃべりに興じていた。

「トルコとの戦争ですが、やはり長くなりそうですか」

エレオノーレが話題を転じた。

「どんなに長くかかっても秋には終わる。だから三ヵ月か四ヵ月だ。あっという間だよ」

オイゲンはコーヒーカップを口に運んだ。

一七一一年、ピョートル一世率いるロシア軍が南下して黒海西岸のモルドヴァに侵攻した。自国領を侵されたトルコは迎撃してこれを破った。さらに、一七一四年、カルロヴィッツ条約に反してトルコ船舶への海賊行為を繰り返したり反トルコ勢力を扇動したりするヴェネツィアへの攻撃を開始した。こうして軍事力と軍事的野心を回復したトルコはオーストリアにとってまたもや大いなる脅威として立ち現れてきたのである。

当時ラシュタットにおける交渉の勝者としてウィーンに凱旋したオイゲンはあちこちのパーティーに引っ張り出された。それもようやく落ち着いた頃、ハノーファー大使フルデンブルクの別荘に招かれた。フルデンブルクがその人を紹介しようとしたとき、オイゲンは危うく「お母さん！」

と声を上げそうになった。次の瞬間、全くの別人であることに気づいたが、醸し出す雰囲気がそっくりだったのだ。

彼女はバティアニー伯爵夫人エレオノーレだった。その時四十歳で、オイゲンよりも十歳若かった。クロアチア総督だった夫はすでに亡く、二人の息子がいた。

親密な関係になるのに時間はかからなかった。オイゲンにも女性との交渉がなかったわけではない。

バティアニー伯爵夫人エレオノーレ

だがいずれもただの遊びであり短期間に終わった。オイゲンは女性との交わりにおいて自らの肌を曝すことに強い抵抗を感じていた。しかし不思議なことにエレオノーレに対してはすべてを曝け出すことができた。結婚も同居もしなかったが、二人は互いに良き伴侶となったのである。

一七一六年七月九日、今や軍務総監、軍事委員会総裁、大元帥となったオイゲンは、ペーターヴァルダイン西方、ドナウ川左岸の町フタクに到着した。皇帝軍は彼を歓呼で迎えたが、スペイン継承戦争が終わって定員を縮小された軍勢は八万であった。一方大宰相ダマト・アリ率いるトルコ軍は二十万に達していた。

舟橋を渡ってペーターヴァルダインを攻める皇帝軍

これを聖戦と見なした教皇は金銭的支援を惜しまなかった。また準備の時間も十分にあった。艦船が新たに建造され、水兵が大量に雇用され、おびただしい数の運搬用の車両が集められ、パン焼き職人も三百名に及んだ。皇帝軍は極めて良好な状態にあった。

ベオグラードを進発したトルコ軍は、オーストリア兵が守るペーターヴァルダイン城塞を包囲した。城塞はドナウの右岸、小高い岩盤の上に立つ。北側は大きく湾曲したドナウ川に守られ、西から南にかけては大小の丘陵に囲まれている。南と東には森林地帯がある。従って包囲とはいえ、トルコ軍が陣を敷いたのは城塞の南側である。

フタクを進発した皇帝軍はドナウの左岸沿いに進み、八月四日夕刻、ペーターヴァルダインで二ヵ所に舟橋を架けた。一時敵の妨害工作で舟橋が崩れたが、夜半には渡河に成功した。そして翌五日、午前七時、オイゲンは攻撃を命じた。呼応して城塞の友軍が援護射撃を開始した。中央の歩兵部隊が敵陣に突入するもイェニチェリの大軍に押し返され、一部は丘と丘の狭間に追い込まれて身動きが取れなくなった。オイゲンは歩兵と騎兵の救援部隊を組織して送り込み、救助に成功した。続いて陣容を立て直すと、歩兵部隊に丘の上から突撃させ、騎兵部隊に敵左翼を攻撃させた。劣勢に陥った敵は森林地帯に逃れる。歩兵と騎兵入り乱れての白兵戦になる。大宰相ダマト・アリは被弾して重症を負い、間もなく死亡した。正午を過ぎた頃に戦闘は終わった。ベオグラードに帰還できたトルコ兵は全体の三分の一にすぎなかった。戦利品は莫大であった。オイゲンは大宰相の天幕だけを戦勝記念に受け取り、残りはすべて将兵たちに公平に分配させた。オイゲンはその天幕の中で皇帝に宛てて「本日、一七一六年八月五日の正午頃、トルコ軍は潰滅しました」と記した。八月七日、軍はドナウの左岸に戻った。そして十四日に出発して二十五日にトランシルヴァニアのテメシュヴァール（ティミショアラ）に着いた。

テメシュヴァールは一万三千人のトルコ兵によって守られていた。皇帝軍は九月一日に包囲を開始し、一ヵ月後に総攻撃を敢行した結果、敵はさしたる抵抗もなく降伏した。テメシュヴァールは百六十四年ぶりにトルコの支配から解放された。オイゲンはトルコ兵とトルコ系市民の安全な退去を保障し、さらにベオグラードまで護衛をつけた。

「感謝の印として私の愛馬を貴殿に贈呈させていただきたい」

城塞司令官ムスタファ・パシャが恭しく言った。

「喜んで頂戴する。貴殿の旅の無事を祈る」

オイゲンは手を差し出し、相手の手を堅く握った。

オイゲンは、将軍メルシーに後を託してテメシュヴァールを離れ、十一月初旬にウィーンに戻った。

一七一七年五月十五日、皇帝夫妻に娘（マリア・テレジア）が生まれた二日後、オイゲンは船

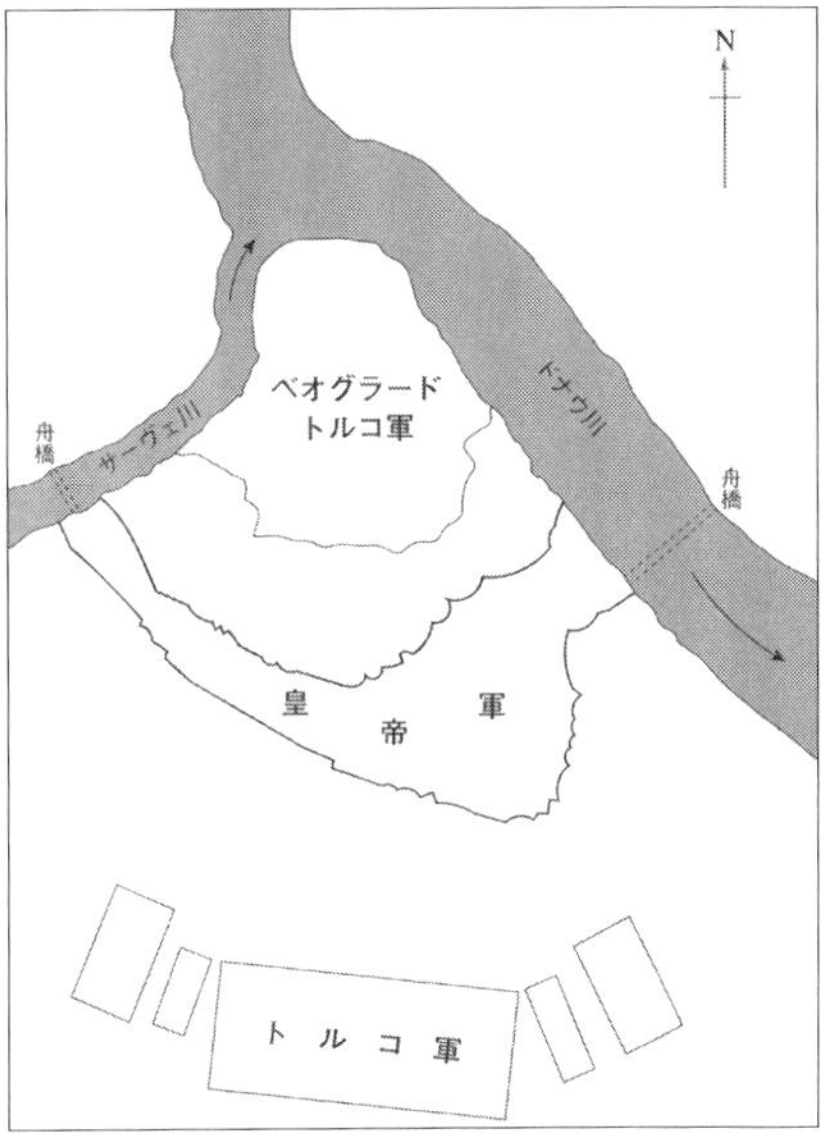

ベオグラードの戦い

でドナウ川を下った。途中ブダで下船し、ミサに参列して戦勝を祈願し、新しく建造された食糧供給基地を視察した。そして五月二十一日にフタクに到着した。皇帝軍は九万、ドナウ艦隊はフリゲート艦十隻を擁する。

攻撃目標はベオグラードである。ベオグラードはドナウ川と支流サーヴェ川の合流点にある。北と東はドナウ川、西はサーヴェ川に守られている。トルコ防衛軍は、ムスタファ・パシャ指揮下の三万である。六月中旬、オイゲンはドナウ川とサーヴェ川に舟橋を架け、城塞の南側の開けた土地に陣を築いた。堡塁と塹壕で防衛線を二重に構築する。北側は城塞に対する守りで、南側はトルコ救援軍に対する守りである。二つの防衛戦の中央部を幅広く取り両端をすぼめて東西の船橋につなげた。

皇帝軍は砲撃を開始した。艦船からも砲弾が飛ぶ。城塞も反撃するが、七月の終わりには市の大部分が皇帝軍の砲撃で破壊された。丁度その頃、二十万のトルコ救援軍が姿を現した。二十万といっても、例によって大半はあちこちから駆り集められた、戦闘力に乏しい雑兵に過ぎなかった。しかし、この大軍が砲撃を開始すると皇帝軍はたちまち窮地に追い込まれた。城塞と救援軍の双方から砲撃を受ける形になったからである。犠牲者が続出した。八月三日にはレガール伯爵、その二日後にはエストラード伯爵がいずれも砲弾の直撃で死亡するなど、将校も例外ではなかった。さらに赤痢の蔓延が追い打ちをかけた。オイゲンも罹患したが、幸い軽くて済んだ。疫病は将兵だけでなく馬をも倒した。トルコ軍は砲撃を続けると同時にじりじりと皇帝軍陣地に接近した。皇帝軍は全滅するかもしれないとの声がヨーロッパ中に伝えられた。各国の新聞に次のような見出しが躍った。

「オイゲンついに敗れるか?」「皇帝軍潰滅か?」「皇帝軍絶体絶命!」

皇帝カールは、撤退するよう伝えてきた。彼はオイゲンの身を案じてこうも書いている。「将軍はいつでも見つけられる。しかし、私が愛し、高く評価しているオイゲン公子を見つけることはできないのだ。だから絶対に無理はしてほしくない」

オイゲンは皇帝の心遣いに胸が震えるほど感動した。しかし、八月十五日午後三時、オイゲンは司令官を招集した。全員表情は暗い。テントの中は沈鬱な空気に支配された。オイゲンは彼らに告げた。

「わが軍は崩壊寸前である。しかし負けるわけにはいかない。明日未明攻撃を敢行する。われわれが勝つ、勝たねばならない」

将軍たちの顔が吹っ切れたように明るくなった。闘志がみなぎってくる。

「やるしかないな」

誰かが力強く言った。

「そのとおりだ。やるしかない」

誰かが同じく腹の底から声を絞った。

八月十六日未明、一万人を残して六万の軍勢がトルコ救援軍に向かって進発した。左右に騎兵部隊、中央に歩兵部隊が進む。夜間の暗さと濃霧で先が見えない。右翼の先頭にいた騎兵が異変を察知した。

「何か物音が聞こえるぞ」

慎重に近づくと霧の中に敵の軍団らしき姿がぼんやりと見えた。さらに接近する。トルコ軍である。彼らも気づいた。皇帝軍が突進する。想定よりもはるかに早い戦闘開始となった。不意を突かれたトルコ軍は後退する。

右翼で始まった戦闘に引きずられる形で皇帝軍中央右の歩兵隊が右に寄る。その結果、中央に穴が開いてしまった。そこをトルコ軍が突いてきた。歩兵隊が分断された。オイゲンの恐れていた事態が生じた。予備連隊を率いるゼッケンドルフ中将はオイゲンの命令を待たずに予備軍を繰り出してトルコ軍を撃退した。

戦闘開始が早すぎたために皇帝軍の連携に綻びが生まれていた。特に左右のずれが大きくなっていた。だがオイゲンは気づかない。濃霧で全体を見通せないのだ。ところが日が昇るにつれて霧が晴れた。高台にいたオイゲンは戦場を見渡して愕然とした。てんでんばらばらに戦っているのだ。オイゲンは直ちに伝令兵たちに命じた。

「部隊を呼び戻せ！」

オイゲンは諸部隊を作戦通りに再編成すると、改めて出撃を命じた。彼自身も左翼の騎兵部隊の先頭に立って突撃した。

先陣を切って敵本陣に切り込んだのは、バイエルン選帝侯に復帰したものの、今や帝国の裏切り者となったマクス・エマヌエルが送り込んだ「クーアプリンツ（選帝公子）」歩兵連隊である。一千四百名の「青白（制服の色）のライオン」たちはまさに獅子奮迅の働きを演じた。彼らは敵の砲撃も銃撃もものともせずに斜面を駆け上り堡塁を乗り越えて襲いかかった。他の歩兵隊、さらに騎兵隊が続く。その中にはオイゲン、フランツ、ピーターの騎兵隊もいる。オイゲンは左上腕に被弾し、フランツは右肩に被弾した。ピーターも数ヵ所に軽い傷を負った。それでも彼らは戦い続けた。

午前十時、大宰相ハリル・パシャ以下トルコ軍は敗走し、戦闘は終わった。翌日、城塞のトルコ軍もトルコ・ドナウ艦隊も降伏した。トルコ軍の死傷者は一万、皇帝軍は五千だった。しかし捕虜となったトルコ兵は多く、四万六千人に上った。オイゲンの十三回目になる負傷は軽くて済んだが、フランツの右肩は重症であった。

トルコとの戦争も終わって穏やかな日々が続いていた。オイゲンは淡々と職務をこなしていた。

一七一九年、菩提樹の花の甘い香りが流れる初夏の夜、オイゲンはメールグルーベというダンスホールにいた。増改築を重ねて今や冬の宮殿と呼ばれるヒンメルプフォルトの邸宅を出てケルントナー通りに出れば、向かいの左手に見える建物がそれである。正面はノイアー・マルクト側にあるが、一階がアーケードになっているのでケルントナー通りからも入ることができる。二階がダンスホールになっている。フランツ夫妻とピーター夫妻はそこで踊っている。ダンスが嫌いで踊れないオイゲンは三階の一室でカードゲームに興じていた。もちろんエレオノーレも一緒だ。トイレに立つと、フルデンブルク大使がついてきた。大使は廊下を歩きながらオイゲンの耳もとにささやいた。

「誰とは申さぬが、貴公に対して良からぬことを企んでいる輩がいるようです」

「ほう、そうですか……。それは初耳です。恩に着ます」

誰かは言われなくても分かっていた。アルトハン伯爵が率いるスペイン人の大臣グループだ。だが、その背後にトリノのヴィクトル・アマデウスが潜んでいようとは思いも寄らなかった。

先帝ヨーゼフには二人の娘がいた。マリア・ヨーゼファとマリア・アマーリエで、姉は二十歳に、妹は十八歳になろうとしていた。嫁ぎ先として、ザクセン選帝侯の息子フリードリヒ・アウグストとバイエルン選帝侯の息子カール・アルブレヒトが有力候補に挙がった。そこに割って入ったのがトリノのヴィクトル・アマデウスで、息子を押し込んできた。オイゲンが本家のために力を貸してくれると期待したが、オイゲンはハプスブルク家のために両選帝侯家との婚姻を推奨した。結果、姉のマリア・ヨーゼファはザクセンに、妹のマリア・アマーリエはバイエルンに嫁ぐことになった。ヴィクトル・アマデウスは怒った。オイゲンを裏切り者とののしった。そしてウィーンの反オイゲン派を突いた。「軍資金」も送った。

矛先はまずオイゲンの周辺に向けられた。帝室官房長官のジンツェンドルフが標的になった。長年にわたる収賄が問題視された。証拠と証言を突きつけられたジンツェンドルフは要職を下りて反オイゲン派の影響下に入った。グンダカー・シュターレンベルクも賄賂や家庭内の問題をやり玉に挙げられて政治の舞台から退いた。

オイゲンは清廉潔白、隙がなかったので秘書とエレオノーレが攻撃された。いずれも賄賂を受け取っていると非難された。

オイゲン自身への攻撃は間接的に行われた。スペイン人大臣たちから皇帝にあることないことが吹き込まれた。皇帝は次第にオイゲンから離れていった。提言にも耳を貸さなくなった。この皇帝の変化はオイゲンを打ちのめした。辞任を決意した。

「もう潮時だ。辞めようと思っているよ」

オイゲンはエレオノーレに心境を吐露した。

「辞めてどうするの？」

「本でも読んで暮らすさ。もう十分すぎるほどある……」

アムステルダムで絵を買いつけるオイゲン公子

その時点で蔵書は一万冊に達していた。オイゲンは絵入りの地理の本や自然史の本を好んだ。それらの本を読んだり眺めたりしながら、その中に自分を入れて想像を膨らませるのが好きだった。

本の購入は、一七一三年に高給で雇ったエティエンヌ・ボイエに任せていた。彼はパリで製本業を営んでいた男だったが、オイゲンに雇われてからは、若い助手とともに収集に励んだ。

「絵もあるじゃない」

エレオノーレが明るい声で言った。

「そうだ、絵もある。これから建てるベルヴェデーレ上宮にも絵画室をたくさん設けるつもりだ」

「完成が楽しみですわ」

エレオノーレがオイゲンを励ますように言った。

「完成したら、まずおまえと一緒に見て回りたいものだな」

「まあ、うれしい。本当に楽しみですわ」

八月も終わろうとしていたある夕暮れ、オイゲンは公園をそぞろ歩いていた。来月に入ったら皇帝に辞任を申し出ようと心に決めていた。そのオイゲンにそっと近寄る人影があった。

「私はニンプチュ伯爵家の使用人です」

男は小声で自己紹介した。

「それで？」

「はい、わが伯爵邸で良からぬ企てが話し合われているのを耳にしました」

皇帝の侍従ニンプチュとテデスキなる神父がオイゲン公子の失脚を画策しているという。

「ニンプチュが……」

オイゲンは驚いたが、あり得ないことではないと思った。ニンプチュはアルトハンの娘婿である。

「何か証拠はあるのか」

「はい、あります。手紙です。明日お持ちします」

翌日、オイゲン邸に手紙の束が持ち込まれた。オイゲンはそれを持って皇帝のもとに急いだ。

皇帝は不本意ながら査問委員会を発足させた。その結果、ニンプチュは官位を剝奪され、二年間の禁固刑を命じられてグラーツに送られた。偽神父と判明したテデスキは、サヴォワの大使サン・トマーゾとニンプチュの間を仲介していたとして公開鞭打ち刑に処せられた上で、ウィーンから追放された。大使サン・トマーゾは本国サヴォワに召還された。その他大勢の小物は罪に問われず、アルトハンら首謀者は逃げ切った。手紙の中にはヴィクトル・アマデウスの名前も散見されたが、オイゲンは「あいつもしょうがないな」と思っただけで、恨みも怒りも覚えなかった。

年が明けて一七二〇年、ベルヴェデーレ宮殿上宮の建設が始まった。設計は下宮と同じヨハン・ルーカス・フォン・ヒルデブラントである。オイゲンが視察に行くと、ヒルデブラントが困惑顔で言った。

「以前ほどではありませんが、雇用希望者が殺到しています」

以前とは下宮建設の時で、ペストや凶作で困窮に陥った者たちが押し寄せた際、オイゲンは全員雇ってやるようヒルデブラントに指示を出したのである。

「雇ってやりなさい。何かしら仕事はあるはずです」

オイゲンは大勢の人間が立ち働く光景を眺めながら言った。

上宮は一七二三年に完成した。約束どおり、オイゲンはエレオノーレと二人で絵画や彫刻を見て回った。二階のカフェの間では午後のコーヒーを楽しんだ。

動植物の好きなオイゲンはベルヴェデーレ宮殿の敷地内に動物園と植物園も作った。動物園にはライオンやチンパンジーを始め多数の珍しい生き物がいた。植物園の温室には二千種類もの熱帯の樹木があった。大きな鳥小屋では熱帯の鳥たちが飼われていた。

本や絵画、動植物、気心の知れた友人たち、そして良き伴侶となったエレオノーレに囲まれてオイゲンの晩年は穏やかに流れていった。

しかし戦争の神はオイゲンをその穏やかな流れから引き上げた。

上宮の完成から十年後、一七三三年二月一日にポーランド王が崩御した。ポーランド王はザクセン選帝侯フリードリヒ・アウグスト一世が兼ねていた。あのアウグスト強健王である。後継として、オーストリア、ロシア、プロイセンは一致して強健王の息子フリードリヒ・アウグスト二世を推した。一方、フランスはスペインとともにフランス王妃マリー・レクザンスカの父親スタニスワフ・レシチニスキを支持した。ポーランド国会がレシチニスキを選ぶや、ロシアは三万の兵でポーランドに侵攻してレシチニスキを追い出した。フランスが宣戦を布告し、ドイツ・ライン上流域とイタリアに攻め込んだ。そしてオイゲンはライン地方派遣軍の最高司令官を命じられたのである。彼は七十歳になっていた。

一七三四年四月、オイゲン、フランツ、ピーターの三人は例のダンスホール・メールグルーベのレストランで遅い昼食を取っていた。冬の間苦しんだ気管支炎もようやく治まって、オイゲンは旺盛な食欲を見せた。フランツは軍事担当の市参事に就き、ピーターは年金生活に入っていた。

「おれはもう剣どころか指揮棒も満足に握れないんだ。そんな老いぼれを戦争に行かせるんだからな、わが国も人材不足ここに極まれりだな」

オイゲンがぼやいた。

「全くだ。しかし、他にいないんだからどうしようもない。オイゲンよ、ご苦労さまだな」

ピーターが同情する素振りを見せた。

「誰だっけな、オイゲンが事前に死んだとしても、その死体に詰め物をして戦場に運んで置いておけばいいんだと言ったのは」

「あれは某デンマーク大使だ。死んでまで人をこき使おうとするんだから、酷いもんだ」

オイゲンが嘆いた。

「そういえば、あのヴィラール、あいつは何歳だ？」

　フランツがオイゲンに尋ねた。

「あいつはおれより十歳上だからもう八十歳だ。ルイ十四世とはまた別種の怪物だな。あの生命力は凄い」

　ヴィラールはイタリア派遣軍の総司令官として新しいサヴォワ公と組んでロンバルディアを占領していた。しかし、そのヴィラールが、オイゲンたちが話題にした二ヵ月後、六月十七日にトリノで病没する運命にあろうとは誰も想像すらできなかったのだが。

「オイゲン、あいつと張り合おうなんて思うなよ。おまえには俺たちと違って孫もいないけど、爺には変わりないんだからな」

　フランツが忠告した。

「そんな気はないよ。おれはおれだから」

「そうだったな。オイゲンはいつもそうだ」

「オイゲン、無理はするな。生きて帰ってこいよ」

　ピーターが真顔で言った。

「オイゲンの無事生還を祈って乾杯しよう」

　フランツがグラスを高々と掲げた。

「乾杯！」

オイゲンはしぶしぶグラスを掲げた。

その数日後、オイゲンは数人の将軍たちとウィーンを発った。ボヘミアのピルゼンを経由してドイツに入り、ニュルンベルク、ヴュルツブルクを通ってハイルブロンに着いた。軍勢はプロイセンとハノーファーの援軍を入れても六万にすぎない。兵たちの質も良くなかった。仏軍は八万。バイエルンは様子見を決め込んでいた。

オイゲンはハイルブロンから西進してライン川に近いブルフザールに陣を敷いた。仏軍の司令官はベリック元帥である。彼の指揮で仏軍はドイツ側の重要な拠点の一つであるフィリップスブルクを包囲して陥落させた。だがその際に彼は砲弾で頭を吹っ飛ばされて即死した。六十三歳だった。

オイゲンはフィリップスブルクの救援には向かわなかった。それどころか仏軍の攻撃にまともには対処しなかった。自軍をあちこちに移動させて敵からの攻撃を避けていた。オイゲンの戦術を見習うべくドイツ各地から貴族の子弟が送り込まれていたが、彼らは特に何もしないオイゲンに驚きを隠せなかった。プロイセンのフリードリヒ王太子（後の大王）は後年こう書いた。

「彼（オイゲン）の体はそこにあったが、魂は去っていた」

オイゲンは批判を招くのは覚悟の上だった。質・量ともに劣る自軍がまともに戦って勝てるはずもなかった。大敗しないことが肝要だった。

そうした夏のある日、ひとりの男が訪ねてきた。老いた長身痩躯の男だ。

「久しぶりだな。私が誰だか分かるかな？」

オイゲンはしばらくその男を見つめていたが、ふいに思い出した。

「ヌスドルフだな。いや違う。ハイリゲンシュタットだったな。一緒に昼飯を食った。確かヴォルフガングだったな」

「さすがだな、オイゲン。よく覚えていてくれたな。五十年も前のことだ」

「昔のことはよく覚えているんだよ。今は駄目だ。朝に見たり聞いたりしたことも昼にはもう忘れているていたらくだ。まあ、それはそれとして、おれはおまえを金色の男と呼んでいたんだが、今やすっかり銀色になってしまったな。でも目の色は変わらん。相変わらずきれいなブルーだ」

「ははは、銀色どころか髪の毛がなくなりそうだよ」

ヴォルフガングは広くなった額を手で撫でた。

オイゲンは椅子を勧め、ワインを持ってこさせた。

「おれはあの時が初陣だったんだが、おまえは？」

オイゲンが尋ねた。

「おれもそんなもんだったよ。少し前に皇帝軍に入ったんだから」

「そうか……。しかし、その後一度も姿を見なかったが、どうしていたんだ？」

「おれはウィーン解放のためだけの兵士だったのさ。期間限定だな。おれは学生だったんだよ」

「どこの？」

「マールブルクだ。で、今は故郷のカッセルで法律家をやっている。ほとんど引退してるようなものだけどな」

「カッセルから来てくれたのか。よく来てくれた。ありがとうな」

「いやいや、おれの方こそおまえには感謝しているんだ。おれはな、オイゲンと一緒に戦った法律家と言われているんだぜ。ちょっと大仰だけどな、嘘じゃない。昼飯も一緒に食ったし言葉も交わしたって言うと、みんなびっくりするやら羨ましがるやら、大変だったんだぜ。おかげで商売大繁盛さ、大いに稼がせてもらったよ」

「そうか、それは良かった」

「それだけじゃない。あのアルプス越えな、あれは凄かったな。どこへ行ってもあの話題で持ちきりだったからな。おれはあの山越えのシーンを描いた銅版画を額に入れて部屋にかけてあるんだ。困難に直面したり落ち込んだりした時なんか、あの絵を見て勇気をもらっていたんだ」

「そうだったのか。役に立てて良かったよ」

オイゲンはワイングラスを掲げてから一口飲んだ。ヴォルフガングも一口すすってから話題を転じた。

「ところで、戦況はどうなんだ？　あまり芳しくないという声もあるが」

「ああ、そのとおりだ。おれはな、総指揮官でも何でもない。ここではただの看板持ちにすぎない。分かるか」

「いや、分からん。看板持ちってどういうことだ？」

「おれはな、オイゲンて書いた看板を持ってライン川の岸辺に立っているだけなんだ。それが今のおれの仕事なんだよ」

「なるほど。なるほどな。そういうことか。オイゲンだからできることだ。普通はできない、プライドもあるしな……」

　こうして二人はワインをすすりながら話し続けた。

　仏軍は動こうとしないオイゲンに疑念を抱き始めていた。あのオイゲンが何も考えていないはずがない。何か策があるはずだ。下手に動くわけにはいかない。こうして動けなくなった。秋が来て冬が近づき仏軍は引き上げていった。

　戦争が終わったわけではない。翌一七三五年、オイゲンは再びライン川の岸辺に立った。体は一回り縮み、背も曲がり、物忘れも酷くなった。オイゲンという名前のみが頼りだった。前年同様、防衛を旨とした戦術に終始した。バイエルンは相変わらず様子見を決め込んでいた。フランスも宰相フルーリが大戦を望まず、外交的な解決を志向し始めていた。

　秋にフランスから条約案が提示された。ポーランド王にはフリードリヒ・アウグスト二世がそのまま留まる。オーストリアはナポリとシチリアを手放すが、代わりにパルマとピアチェンツァを得る。フランツ・シュテファンはロートリンゲン公国をレシチニスキに譲渡し、その代わりにトスカーナ大公領を受け取る。彼にとっては不利な条件ではあったが、マリア・テレジアとの結婚を各国に認めさせる意義があった。さらに、フランスはマリア・テレジアの帝位継承を可能にする国事詔書を承認する。オーストリアにとって悪い内容ではなかった。かくして講和条約は締結された。

オイゲンは心身ともに疲弊してウィーンに戻った。冬の気候が彼の持病を悪化させた。おまけに認知症が進み、記憶力の衰えも無視できなくなり、公務から離れた。外出することもなくなった。皇帝カールに「しつこい咽喉カタルのために話すのが困難なのです」と書き送って謁見を辞退している。

クリスマスも自邸で静かに過ごすつもりでいた。だが許されなかった。フランツとピーターの家族が大挙して押し寄せたのだ。ピーターとマリアには長男アーサーの他に娘が二人、フランツとルイーゼには息子と娘ができていた。アーサーはフランツの娘と結婚し、フランツの息子ラインハルトはピーターの末娘と結婚した。ピーターの長女はピーターの縁戚の若者と結婚してイングランドに渡った。アーサーもラインハルトも、母親の反対もあって軍隊には入らず、法曹の道へ進んだ。ともにウィーン大学に学んで、二人とも今や四十代、法律家として活躍していた。アーサーの長男はすでにウィーン大学で法律の勉学に励んでいた。祖父ほどではないが、百九十センチ近い長身だった。顔はマリアに似ていた。この二家族合わせて十三人がやって来たのだ。

「オイゲン、具合はどうなの？　顔色はいいわね」

マリアが笑顔で声をかけた。

相変わらず優しい笑顔だ、慈母という言葉がぴったりだな、とオイゲンは思った。

「ああ、今日はとても調子良いよ。声も出しやすい。楽しい気分だ」

「良かったわ」

「みんなが来るのを楽しみにしていたのよ。だから元気になったの」

傍らでエレオノーレが言った。

「エレオノーレのおかげもあるんじゃやない。ねえ、オイゲン？」

「ああ、そのとおりだよ。彼女のおかげだよ」

「まあ、お上手言って」

エレオノーレが笑うと、つられて周りも笑った。

クリスマスの料理を堪能し、オイゲンの好きなカードでも遊んだ。孫たちは歌い、愉快な夕べになった。

年が明けて一七三六年二月十二日、宮廷付属のアウグスティーナ教会で、マリア・テレジアとフランツ・シュテファンの結婚式が執り行われた。当日と翌日に祝賀の宴が開かれた。オイゲンは残念ながら式にも祝宴にも病気のために出席できなかった。ただ、参加した友人や知人たちがやって来ては微に入り細に入り話してくれるので、新郎新婦の姿や祝宴の様子が絵でも見るように想像できるのだった。

春の訪れとともにオイゲンの体調も回復の兆しを見せた。オイゲンはフランツとピーターを誘って馬車に乗った。久しぶりの遠出である。行き先はカーレンベルクだ。ヌスドルフからブドウ畑の間の道を登り、森の中に入った。ブナ、ナラ、トネリコなどの落葉樹が芽吹き、クロマツやモミなどの針葉樹も枝先に若い命の色を帯びていた。森全体が柔らかな緑に覆われ始めていた。

彼らはオイゲンを真ん中にして山頂に立った。ドナウ川が美しき青きドナウとなって緩やかに流れ、ウィーンの市街が広がっている。あの時のトルコ軍の無数のテントも塹壕もない。今は市域が城外に拡大している。貴族たちが建てた夏用の宮殿がそこここに見える。南の方角、市街の向こう側にひときわ広大な庭園を擁する宮殿が見える。オイゲンのベルヴェデーレだ。ウィーンは見違えるほど大きく美しくなっていた。

「すべてはここから始まったんだ」

オイゲンが感慨深げにつぶやいた。

「そうだったな」

ピーターが応じた。

「おまえたちはそうだったんだな。あれが初陣だったわけだ」

フランツが言い、さらに続けた。

「そういえば、オイゲンとおれは小便しながら握手したんだったな」

「本当か？　ずいぶん汚いな。おれとオイゲンはドナウ川を下る船の上だったな。ロマンチックだったよな」

「不潔とロマンチック、どっちも気持ち悪いな」

オイゲンが肩をすくめながら言うと、二人は笑った。

その数日後、四月二十日の夜、オイゲンはバティアニー邸でカードを楽しんでいた。時間が経つにつれ、眠気が差してきて次第にゲームについていけなくなった。

「オイゲン、そろそろお休みになったら？」

気づいたエレオノーレが声をかけた。

「ああ、そうさせてもらうか」

オイゲンが弱々しく答えた。

「では私が送りましょう」

ポルトガル大使タロウカが立ち上がった。

馬車が動き出すやいなやオイゲンは眠りに落ちた。

向かいに座るタロウカはそのオイゲンをまじまじと見つめた。頬はこけて細い顔がさらに細くなり、小さな体がさらに小さくなっていた。

「これがあのオイゲンなのか……」

タロウカは感慨にふけった。やがて彼も眠りに落ちた。

老いた御者もすでに船を漕いでいた。馬だけが目覚めていた。馬は道を覚えていた。馬車は静まり返った夜の石畳の道をゆっくりと進んでいった。

ケルントナー通りを左に折れてヒンメルプフォルト通りに入ったところで御者が目を覚ました。

馬車が止まるとタロウカが目を覚ました。彼はオイゲンを起こした。

従僕がオイゲンを寝室に導いた。

横になると、薄れていく意識の中からある問いが浮かび上がってきた。

「あのソワソンのお嬢さまは勇者になれたのだろうか、真の勇者に……」

オイゲンはしばらく考えてから、こう答えた。

「なれたと思う……。確かに勝てなかった戦もなくはなかったが、一度も怯まなかったし、一度も死を恐れなかった。なれたはずだ……」

オイゲンはかすかに頷くと、永遠の眠りに沈んだ。

四月二十六日夕刻、冬の宮殿を出た棺は長い葬列を従えて市中を巡った後、シュテファン大聖堂に納められた。遺体から取り出された心臓はワインヴィネガーに漬けられてトリノに送られた。そして、ヴィクトル・アマデウスによってスペルガ山頂に建てられた大聖堂の、すでに彼自身が眠っているサヴォワ家の墓所に安置された。

スペルガ大聖堂

オイゲン公子関連略年表

年代	
1663	サヴォワ公子オイゲン（ウジェーヌ）誕生
1683	ウィーン、トルコ軍に包囲される オイゲン、パリを脱走してウィーンへ行く
1686	皇帝軍、ブダを占領
1687	皇帝軍、モハーチでトルコ軍に勝利
1690	オイゲン公子、イタリア戦線へ
1697	オイゲン公子、センタの戦いでトルコ軍を撃破
1701	スペイン継承戦争勃発
1704	オイゲン公子とマールバラ公、ブリントハイムでフランス・バイエルン軍を破る
1705	レオポルト1世没、ヨーゼフ1世帝位に就く
1706	オイゲン公子、トリノの戦いでフランス軍を撃破
1707	オイゲン公子、トゥーロン包囲失敗
1708	オイゲン公子とマールバラ公、アウデナールデでフランス軍に勝利
1709	オイゲン公子とマールバラ公、マルプラケでフランス軍に勝利
1711	ヨーゼフ1世没、カール6世帝位に就く
1712	オイゲン公子、ロンドンを訪問
1713	ユトレヒト条約
1714	ラシュタット条約（スペイン継承戦争終結）
1715	ルイ14世没
1716	オイゲン公子、ペーターヴァルダインでトルコ軍に勝利
1717	オイゲン公子、ベオグラードでトルコ軍に勝利
1733	ポーランド継承戦争勃発
1734	オイゲン公子、ライン方面軍総司令官として出動
1736	オイゲン公子死去

参考及び引用文献

飯塚信雄『バロックの騎士　プリンツ・オイゲンの冒険』平凡社、一九八九年

菊池良生『傭兵の二千年史』講談社現代新書、二〇〇二年

菊池良生『ウィーン包囲　オスマン・トルコと神聖ローマ帝国の激闘』河出書房新社、二〇一九年

久保田正志『ハプスブルク家かく戦えり―ヨーロッパ軍事史の一断面―』錦正社、二〇〇一年

デレック・マッケイ、瀬原義生訳『プリンツ・オイゲン・フォン・サヴォワ　興隆期ハプスブルク帝国を支えた男』文理閣、二〇一〇年

Franz Herre: Prinz Eugen, Europas heimlicher Herrscher, Stuttgart 1997

Alexander Lernet-Holenia: Prinz Eugen, Wien/Hamburg 1986

Wolfgang Oppenheimer: Prinz Eugen von Savoyen, Feldherr und Baumeister Europas, Wien 2004

John Stoye: Die Türken vor Wien, Graz 2010

Agnes Husslein-Arco und Marie-Louise von Plessen (Hrsg.): Prinz Eugen, Feldherr Philosoph und Kunstfreund, Wien 2010

あとがき

まずはオイゲン公子と私とのささやかな縁について述べてみたい。

一九六八年夏、ウィーン大学に留学することになった。そのことをある知人女性に伝えたところ、甥がウィーン大学にいるので訪ねてみたらと住所を書いてくれた。Prinz-Eugen-Straße とあった。プリンツ・オイゲン・シュトラーセ、即ちオイゲン公子通りである。オイゲン公子など聞いたこともない。プリンツ（英語のプリンス）というのだからどこかの貴族の御曹司なんだろうと思ったくらいで、特に調べようとも思わなかった。

その頃ヨーロッパへ行くのに安くて人気のあったシベリア経由のルートを利用した。横浜からソ連の貨客船に乗ってナホトカへ、鉄道でハバロフスクへ、国内便でモスクワに飛んだ。当時のモスクワに二泊できたのは良い経験になった。モスクワからは三十六時間の鉄道の旅の末にウィーンに着いた。読者の中にはこのルートでヨーロッパに渡ったことがある方もいらっしゃるのではないだろうか。

さて、ウィーンに着いて早速部屋を探し始めた。ユースホステルに滞在して大学が紹介してくれた物件を見て回ったけど、どれもこれも駄目。遠すぎたり広すぎたり、異様な匂いがしたり家主が恐ろしかったり、周りに商店が一軒もないとか……。そして大学の職員もだんだん嫌な顔をするようになった。

そこで新聞に載っていた不動産屋に行ってみた。国立歌劇場近くのビルの中の一室だ。日本と違ってベタベタと物件情報が貼ってあるわけではない。中年の黒髪の男性が応対してくれた。誠実そうな人柄に安心する。

こちらの要望を聞いてから、彼はある物件を勧めてくれた。

「ここはシュテファン大聖堂の近くで、つまり街の真ん中で、大学はもちろんどこへでも歩いていけますよ。買い物にも便利だし、本屋も何軒もあるし郵便局だってすぐ近くにあるからね」

良さそうだったのでそこに決めた。彼が家主に電話するとすぐに来てくれということになり、斡旋料の七百シリング（部屋代一ヵ月分、約一万円）を払って辞去した。

不動産屋がくれた紙にはバル通りとある。徒歩で十分とかからない。目指す住居は二階にあった。老夫婦が出迎えてくれた。ご主人の体格にびっくりした。身長は百八十センチを少し出る程度だが、体重が百五十キロあるという。奥さんは髪が黒くて少しアジア的な風貌だ。後にハンガリー出身だと聞いて納得した。早速部屋に案内された。十五畳はあるだろうか、十分に広くて天井も高い。タンス、テーブル、ソファー、ベッドとすべて揃っている。窓が北東に向いているのでちょっと暗いけど気に入った。

テーブルに着くと親父さんのちょっとした自慢話が始まった。

「この下の一階にはベートーヴェンが住んでいたんだよ」

「本当ですか？」

私はかなり驚いた。

「そうそう、本当さ。それから門を出て左正面の建物だけどね、あそこでモーツァルトが死んだんだよ」

「ええ！　あのモーツァルトが死んだ家ですか」

私は本当に驚いた。同時に凄い所に来たんだな、と思った。

「そうそう、もうずいぶん昔の話だけどね。ところで、オイゲン公子は知っているだろう？」

親父さんは意外な名前を口にした。

「いえ、知りません。でもオイゲン公子通りという所に日本人の学生が住んでいて、近いうちに訪ねようと思っているんですけど……」

「そうそう、そのオイゲン公子だよ」

彼はオイゲン公子についてずっと説明してくれてから、こう続けた。

「すぐそこのヒンメルプフォルト通りに彼が住んでいた宮殿があるんだよ。今は大蔵省になっているけどね。すぐそばだから後で行ってみるといいよ」

後でその前を通ってみたが、宮殿という感じではなかった。中にも入れるということだったが、入りたいとも思わなかった。その頃はまだオイゲン公子には何の関心もなかったのだ。

実は私は学生時代にフェンシングをやっていたので、ウィーンでもすぐにクラブに入会した。クラブは大学へ行く途中のレン通りにあった。このレン通りに、晩年のオイゲン公子のパートナーとなるバティアニー伯爵夫人の邸宅があったのだ。いや、今もあって、このバロック様式の建物はウィーンの観光スポットの一つになっている。つまり彼ら二人が互いに通っていた道を、それとは知らずに私もフェンシングバッグを担いで通っていたのだ。彼らは馬車で、私は徒歩で……。ついでに少し自慢をさせていただくと、クラブに入ってからかなり早い段階で代表選手のひとりに選ばれ、オーストリア選手権（国籍の関係で団体戦のみ）を始め大小の大会に出場してまずまずの戦績を収めることができた。練習、試合、飲み会——若き日の良き思い出である。

さて、本書は最初は伝記として構想されていた。そして書き始めてはみたが、どうもしっくり来ない。書いていても面白くない。つまり史実に忠実であろうとすると歴史書のようになってしまい、具体的な描写に乏しくなるのだ。特にオイゲン公子の初陣における具体的な記述が全くない。バーデン辺境伯の「オイゲン公子は勇敢に戦った」という言葉だけが残されているだけなのだ。これとて、バーデン辺境伯が実際に言ったのか怪しいものだし、言ったとしても多分に形だけの褒め言葉だったのかもしれない。いずれにしろこのような箇所がけっこうあるのだ。

そこで、試しに架空の人物を脇役として配してみた。イングランド出身の義勇兵ピーター、ウィーン出身の皇帝軍兵士フランツ、その妹のマリアなどである。すると意外に筆が進む。書いていても面白い。会話なども好き勝手にと言ったら語弊があるが、思いつくままに書ける。こうして予想よりもかなり早くでき上がった。

とはいえ、結果として、伝記と小説を足して二で割ったような奇妙な代物となった。だが、それも、バロック（奇妙な、特異な、という意味がある）の時代にバロックな人生を送ったバロックな人物であるオイゲン公子には案外似合っているのではないかと思っている。なお、小説としては異例なことではあるが、伝記としても十分に読めると思うので図版を多数入れておいた。読者の皆様に少しでも楽しんでいただければ著者としてこれ以上うれしいことはない。

最後に、編集と校正の労を執ってくださった鳥影社の戸田結菜氏と萩原なつき氏に厚くお礼申し上げる。

二〇二四年秋

宮内俊至

〈著者紹介〉

宮内俊至（みやうち としゆき）

1946年東京生まれ。国際基督教大学卒、東京教育大学大学院博士課程単位取得退学。独文学専攻。新潟大学名誉教授。

著書に『評伝　ハンス・ファラダ』（北樹出版）、訳書にディートマー・グリーザー『ウィーンの恋人たち』（新書館）、アーリャ・ラフマーノヴァ『あるミルク売りの日記』（北樹出版）、ライナー・レディース編『海賊ヴィンターゲルストの手記』（NTT出版）などがある。

英雄伝記

— オイゲン公子の生涯 —

2024年12月19日 初版第1刷発行

著　者　宮内俊至

発行者　百瀬精一

発行所　鳥影社 (choeisha.com)

〒160-0023 東京都新宿区西新宿3-5-12トーカン新宿7F

電話 03-5948-6470, FAX 0120-586-771

〒392-0012 長野県諏訪市四賀229-1（本社・編集室）

電話 0266-53-2903, FAX 0266-58-6771

印刷・製本　モリモト印刷

ISBN978-4-86782-142-8　C0022